KB058768

아무도
이런 이야기를
하지 않는다

퍼트리샤 록우드 소설
김승욱 옮김

▼

종소리와 같았던 리나에게

나타날 것이다!

사람들이!

태양에!

곧!

블라디미르 마야콥스키,
〈나와 나폴레옹〉

차례

그녀가 포털을 열자 정신이 한참 달려 나와 그녀를 맞이했다. 그 안은 눈이 내리는 열대였다. 만물의 눈보라 속 첫 번째 눈송이가 그녀의 혀에 떨어져 녹았다.

네일아트를 클로즈업한 사진, 우주에서 온 돌멩이, 타란툴라의 겹눈, 복숭아 통조림을 닮은 목성 표면의 폭풍, 반 고흐의 〈감자 먹는 사람들〉, 발기한 남자 성기 위에 올라앉은 치와와, **그만! 내 아내한테 이메일 보내지 마!**라는 말이 스프레이 페인트로 뿌려진 차고 문.

포털이 왜 그토록 개인적인 공간처럼 느껴졌을까? 우리는 모든 곳에 있고 싶어서 포털에 들어갔을 뿐인데.

•

그녀는 그날의 단단한 초록색 대리석을 더듬으며 만져보았다. 머리카락처럼 가늘게 갈라진 틈을 찾으면 혹시 자신이 빠져나갈 수 있을까 싶어서. 억지로는 안 되는 일이었다. 밝은 공기가 꽃줄처럼 늘어져 있고, 구름은 소파 속을 채우는 재료 더미 속에 앉아 있었다. 남쪽 하늘에는 연한 지점이 보였다. 무지개가 생겨나고 싶어하는 곳.

커피 세 모금. 그리고 창이 열렸다.

•

세상은 분명히 완전 빡빡해지고 있어ㅋㅋㅋ 그녀의 남동생이 이런 문자를 보냈다. 남동생은 매일 하루를 끝내면서 파이어볼이라는 개인적인 혜성으로 자신을 지워버리는 사람이었다.

●

자본주의! 그걸 증오하는 건 중요한 일이었다. 비록 자신이 자본주의를 통해 돈을 번다 해도. 그녀는 자신이 심지어 예수조차 감당하지 못했을 만큼 철학적인 입장을 향해 천천히, 천천히 움직이고 있음을 깨달았다. 반드시 자본주의를 증오해야 한다고 생각하면서 동시에 백화점을 배경으로 한 필름 몽타주를 사랑한다는 것.

●

정치! 문제는 지금 독재자가 있다는 것이었다. 어떤 사람들(백인)은 독재자가 한 번도 존재하지 않았다고 말하고, 다른 사람들(백인을 제외한 모두)은 세상이 시작된 이래로 독재자만 끊임없이 존재했다고 말했다. 그녀는 자신의 멍청함에 당황했다. 아직 멍청함에서 벗어나지 못한 사람들과 이야기할 때 나오는 자신의 목소리도 당황스러웠다.

문제는 독재자가 아주 웃긴다는 점이었다. 어쩌면
모든 독재자가 항상 그랬는지도 모른다. 부조리주
의. 한 남자가 시골집에서 블랙베리잼 한 스푼으로
변하는 내용의 그 모든 러시아 소설들이 갑자기 이
해되기 시작했다.

●

그녀가 몸을 일으켜 글로 쓰려고 했던 그 아름다운
생각, 그 밝고 심오한 생각이 뭐였더라? 그녀는 이럴
때마다 항상 느끼는 기대감을 안고 공책을 펼쳤다.
어쩌면 이게 바로 그것인지도 몰라. 사람들이 그녀
의 묘비에 새겨줄 그 말.

처키치즈는 나의 그 뭐시기를 우적우적 씹어 구멍
을 낼 수 있다

●

그녀는 섬세한 바늘 같은 물줄기 아래에서 꼼꼼히
다리를 씻었다. 이렇게 씻지 않는 사람도 있다는 걸
최근에 알게 되었기 때문에, 그렇게 씻으면서 생각

했다. 사람이 죽으면 한 번도 만난 적 없는 사람들과
언쟁하며 샤워기 아래에서 보낸 시간이 얼마나 되는
지 보여주는 원그래프를 보게 될 거야. 아, 하지만 그
런 건 다가오는 겨울이 얼마나 혹독할지 알아보려고
비버가 지은 집의 두께를 꼼꼼히 살피는 데 시간을
쏟는 것보다 왠지 좀 가치가 덜한가?

●

이건 자기자극행동[1]인가? 그런 것 같아서 몹시 걱정
스러웠다.

●

항상 존재하던 것들.

태양.

| 몸을 흔들거나 고개를 내젓는 등 특히 자폐증을 지닌 사람들에게 나타나는
　반복 행동.

그녀의 몸, 그리고 뿌리 쪽이 보일 듯 말 듯 구불거리는 머리카락.

허공의 음악 같은 것, 색깔별로 놓여서 손길을 기다리는 실뭉치처럼 다듬어지지 않은 채 원초적인 모습으로 휘도는 그것.

늦은 밤 백화점에서 마네킹들이 살아나던 어릴 적 드라마의 주제가.

익명 역사 채널에서 보여주는 수많은 회색 인간들의 행진, 주둥이가 상어를 닮은 비행기, 미사일의 매끄러운 전개, 버섯구름.

몸에 기름을 바르고 다양한 채소가 들어 있는 냄비 속에 들어가 식인종들에게 곧 잡아먹힐 것처럼, 그러니까 성적인 의미에서 그렇게 될 것처럼 굴며 좋아하는 여자가 나온 〈트루 라이프〉 에피소드.

딱히 생각은 아닌데 거의 형태가 갖춰진 어떤 의식.

내 몸에 도청기가 있나???

이 모든 것, 이 모든 것에 대한 커다란 수치심.

•

그 옛날의 폭정, 남편이 아내에게 휘두르던 폭정은
어디로 갔을까? 대부분은 대체품에 대한 이상한 생
각 쪽으로 흘러간 듯싶었다. 비닐이라고 하면 '더 따
뜻하게' 들리는지에 대한 생각, 커피메이커는 커피
그리스도의 입 속에 든 똥에 지나지 않는다는 생각.
"100년 전이었다면 당신은 석탄을 캐고 살면서 열네
명이나 되는 아이를 낳아 죄다 제인이라는 이름을
붙였을 거야." 그녀는 어떤 남자가 큐리그 커피머신
진열대 앞에서 아내를 손가락으로 찌르는 모습을 지
켜보면서 놀랄 때가 많았다. "200년 전이었다면 괴
팅겐의 커피숍에서 일간신문을 흔들어대며 그날의
화제들에 대해 샅샅이 논쟁을 벌였을지도 모르지.
나는 글도 읽을 줄 모르고 창가에서 이불이나 털어
댔을 테고." 하지만 폭정은 언제나 현실의 손길처럼
느껴지지 않던가?

·

다른 사람들의 삶에 네 삶만큼 깊이가 없을 것이라
고 믿은 건 실수였다. 게다가 네 삶이 그렇게 깊이가
있지도 않았다.

·

사람들이 엿듣는 양이 어마어마한데, 그것이 어떤
의미를 지니는지는 아직 알려지지 않았다. 다른 사
람들의 일기가 그녀의 주위에서 개울처럼 흘렀다.
그녀가 귀를 기울여야 할까? 예를 들면, 십대들의 대
화 같은 것에? 시골 보안관이 남이 보는 줄도 모르
고 포르노 스타들에게 쏟아붓는 찬사를 그녀가 그토
록 탐욕스럽게 따라가야 할까? 하나같이 무릎에 똑
같은 상처가 있음을 깨달은 여자들의 이야기는 어떤
가? "나도 그 흉터가 있어!" 백인 여자가 떠들어대지
만, 신속하고 효율적으로 차단되었다. 똑같지 않았으
므로. 그 여자는 그들의 세상을 방해했다. 그녀가 그
흉터를 얻은 세상은 그들의 세상과 똑같지 않았다.

·

그녀는 매일 아침 누운 채로 세세한 정보의 눈사태에 휘말려 행복했다. 파타고니아에서 먹는 아침식사 사진, 완숙 달걀로 파운데이션을 바르는 여자의 사진, 일본의 시바견이 펄쩍펄쩍 뛰면서 주인을 반기는 사진, 유령처럼 창백한 낯으로 자신의 멍 자국을 사진으로 찍어 올리는 여자들…… 이 세상이 점점 더 가까이 죄어들어왔다. 인간들을 연결한 거미줄이 어찌나 굵어졌는지 거의 은은한 광택이 나는 탄탄한 비단실 같았다. 아직 하루가 열리지도 않았는데. 그녀에게 이 세상을 보는 것이 허락되었다는 사실은 무슨 의미였을까?

아침에 사향고양이처럼 씁쓸한 커피와 우유를 마신 뒤 거의 언제나 그러듯이 아랫입술을 씹기 시작할 때면 그녀는 창밖에서 담쟁이덩굴이 자라고 있는 욕실로 들어가 아주 정성들여 입술을 발랐다. 선명하고, 화려하고, 피아노 위에 올라간 여자가 바를 것 같은 빨간색. 마치 그날 밤 늦게 지하 클럽에 갈 것처럼, 사라진 반짝이 장식처럼 가서 인간의 감정이라

는 해질녘 구름 전체를 여섯 단어의 서정시로 가다
듬을 것처럼.

●

뒤통수에서 뭔가가 아팠다. 그녀의 새로운 계급의식
이었다.

●

매일 그들의 주의를 돌려주어야 했다. 물고기 떼에게
빛을 비추듯이, 새로운 증오의 대상을 향해서 단번에.
그 대상이 전쟁범죄자일 때도 있었지만, 과카몰레에
원래 재료 대신 악질적인 대체품을 넣은 사람일 때
도 있었다. 그녀가 관심을 가진 것은 증오라기보다
는 빠른 희석이었다. 마치 집단의 피가 결정을 내린
것 같았다. 마치 그들이 바다 밑바닥에서 독이나 검
은 잉크를 구름처럼 뻐끔뻐끔 내뿜는 생물인 것 같
았다. 문어의 지능에 대한 그 기사를 읽어보았는가?
문어가 멋지고 순종적인 군대가 되어 바다를 벗어나
마른 땅 위로 행군하는 것에 대해 읽어보았는가?

•

"아하하하!" 그녀는 소리쳤다. 더 재미있게 웃는 새로운 방법이었다. 그녀는 오하이오주 박람회 중 행진용 장식 수레에서 사람들이 던져지는 영상을 보는 중이었다. 공중을 날아가는 그들의 궤적은 순수한 즐거움의 호선이었다. 그들이 입은 티셔츠가 액체처럼 변했다. 몸이 굴복할 때, 완전히 굴복할 때 어떤 일이 일어날 수 있는지…….

"뭐가 그렇게 웃겨?" 남편이 말했다. 의자에 옆으로 앉아 칼날 같은 정강이를 한쪽 팔걸이에 대롱대롱 걸친 자세였다. 하지만 그녀는 이미 화면을 아래로 스크롤해서 누군가가 죽은 것을 보았다. 또 다른 다섯 명은 이 세상의 안팎에 절반씩 걸쳐져 있었다. "오 하느님!" 그녀는 그것이 무엇인지 깨닫고 이렇게 말했다. "오 예수님, 안 돼, 오 하느님!"

•

매일 밤 9시에 그녀는 자신의 정신을 포기했다. 부인했다, 신념처럼. 양위했다, 옥좌처럼. 모두 사랑을 위해서. 냉장고로 가서 문을 열면 얼굴에 신선한 공기가 쏟아졌다. 그녀는 병목에 서린 서리에 지문을 찍고 아주 아주 깨끗한 잔에 뭔가를 따랐다. 그러고 나면 행복해졌다. 하지만 매일 밤 그녀는 걱정했다. 혹시 모자라지 않을지. 지식 때문에 그렇게 걱정하는 사람은 없을 것이다.

●

3년 전만 해도 "나는 엉덩이 보조기구를 단 정신지체자"라는 게시물을 올리던 남자가 지금은 사회주의의 힘에 눈을 뜨라고 사람들에게 간곡히 말하고 있었다. 갑자기 사회주의가 유일한 길처럼 보였다.

●

그녀가 딱히 친밀감을 느낀 적이 없는 대명사가 포털 안에서 점점 멀리 이동하면서 우리와 그와 우리와 그들의 풍경 속을 훅 지나갔다. 그러다 가끔 획 되돌아와 그녀의 어깨에 앉았다. 그녀가 하는 말을 모두 따라 하는 것 외에는 그녀와 아무런 관계가 없는 앵무새처럼. 사실 어느 나이 많은 괴짜 숙모가 그

녀에게 남겨준 앵무새인데, 임종을 앞두고 그 숙모
는 이렇게 외쳤다. "그냥 데리고 살아!"

하지만 대부분은 *당신, 당신, 당신, 당신*으로 흘러갔
다. 그러다 보니 그녀는 자신과 나머지 사람들 사이
의 경계선이 어디인지 전혀 알 수 없게 되었다.

•

대표적인 사진이 하나 있었다. 승리의 날, 간호사 제
복을 산뜻하게 차려입은 여자가 뒤로 몸을 한껏 젖
히고 병사와 키스하는 사진. 우리 모두 평생 그 사진
을 보면서, 거기에 포착된 특별한 불꽃을 이해한다
고 생각했다. 그런데 이제 그 여자가 역사 속에서 일
어나 자신과 그 남자는 전혀 아는 사이가 아니었으
며, 그때 자신은 사실 내내 겁에 질려 있었다고 모두
에게 말했다. 그제야 그녀의 허둥거리는 왼손, 무섭
게 휘어진 등뼈, 그녀의 목을 움켜쥔 병사의 손이 분
명히 눈에 들어왔다. "생전 처음 보는 남자였어요."

그 여자는 이렇게 말했다. 그런데 그 남자는 사진 속에서, 우리 머릿속에서, 결코 놓아주지 않을 기세로 그녀를 승리처럼 움켜쥐고 있었다.

•

가장 많은 도둑질을 한 사람은 당연히 항상 스스로 깨어 있다고 자부하는 사람들이었다. 슬랭을 가장 먼저 사용하는 사람들…… 무엇을 보여주려고? 자신이 남들과는 다르다는 것? 훔칠 가치가 있는 대상을 자신이 알고 있다는 것? 그들은 또한 가장 죄 많은 사람들이기도 했다. 하지만 죄에는 아무런 가치가 없었다.

•

새로운 장난감이 있었다. 모두가 그것을 조롱했지만, 그것이 자폐인들을 위해 만들어진 물건이라는 말을 듣고는 누구도 더 이상 그것을 조롱하지 않았다. 대신 전에 그것을 조롱하던 사람들을 조롱했다. 그러다 누군가가 어떤 박물관에서 백만 년 전 돌로 만들어진 비슷한 물건을 발견하자, 이것으로 마치 뭔가가 증명된 것처럼 보였다. 그 다음에는 그 장난감의 기원이 이스라엘 및 팔레스타인과 관련되어 있음이 드러났고, 사람들은 모두 그것을 다시는 입에 담지 않기로 협약을 맺었다. 이 모든 것이 대략 나흘 동안 벌어진 일이었다.

•

그녀는 포털을 열었다. "우리 모두는 죽을 때까지 계속 이걸 하는 걸까?" 사람들이 서로에게 이렇게 묻고 있었다. 다른 날에 다른 질문을 던졌던 것처럼. "우리는 지옥에 있는가?" 지옥은 아니지. 그녀는 생각했다. 항상 날짜가 지난 잡지가 있고 형광등이 켜져 있는 방에서 역사의 기억 속으로 들어갈 때를 기다리며 〈루이지애나 페어런트〉나 〈호스 일러스트레이티드〉를 뒤적이고 있어.

•

우리가 몸을 잃어버리기 직전인 이런 곳에서 몸이 가장 중요해졌다. 굉장한 용해가 이루어지는 이런 곳에서 사람들이 어렸을 때 음료수를 팝이라고 불렀는지 아니면 소다라고 불렀는지, 어머니가 요리에 마늘 소금을 넣는지 아니면 진짜 정향을 다져 넣는지, 벽에 진짜 그림이 걸려 있는지 아니면 가짜 배경 앞에서 통나무에 앉아 포즈를 취한 가족사진이 걸려 있는지, 완전히 오렌지색으로 물든 타파웨어가 집에 있는지가 중요해졌다. 그 사람이 모래알 위에서 확대경 아래에 놓이고, 그 사람이 있는 곳은 우주 공간이 되고, 그것은 인류의 형제애였지만, 어떤 의미에서는 사람들이 서로에게서 그렇게나 멀리 내동댕이쳐진 것은 처음이었다. 당신이 그 따뜻한 모래알을 확대하고 확대하다 보니 나중에는 그것이 차가운 달처럼 보였다.

•

"뭘 하는 거야?" 그녀의 남편이 조심스럽게 부드러운 목소리로 물었다. 그녀가 텅 빈 시선을 들어 그를 바라볼 때까지 같은 질문을 반복했다. 뭘 하고 있느냐고? 그녀의 품에 그 순간의 사파이어가 가득한 게 안 보이나? 어떤 남자 페미니스트가 그날 자기 젖꼭지 사진을 올린 걸 몰라?

•

그녀는 단순히 "개도 쌍둥이가 될 수 있나?"라고 말
한 게시물 때문에 유명해졌다. 그뿐이었다. 개도 쌍
둥이가 될 수 있나? 이 게시물은 얼마 전 십대들이
그녀를 향해 우는 얼굴 이모티콘을 올리는 단계에
도달했다. 그들은 고등학생이었다. 그들은 베르사유
조약이 체결된 날짜 대신 "개도 쌍둥이가 될 수 있
나?"를 기억할 것이다. 솔직히 그녀도 조약이 체결된
날짜를 몰랐다.

　　•

이것이 그녀를 허공에서 눈에 잘 띄는 위치로 올려
주었다. 전 세계에서 강연 초청이 날아왔다. 구름 둑
처럼 생긴 곳에서 새로운 커뮤니케이션에 대해, 정
보의 새로운 여파에 대해 말해달라고. 무대에서 그
녀와 나란히 앉은 남자들은 사용자 이름으로 더 유
명했고, 여자들은 눈썹을 어찌나 강렬하게 그렸는지
미친 사람 같았다. 그녀는 재채기를 *제채기*로 쓰는
편이 객관적으로 더 재미있는 이유를 설명하려고 애
썼다. 이건 딱히 진짜 현실처럼 느껴지지 않았다. 하

기야 요새 그렇게 느껴지는 것이 어디 있나?

•

그녀는 영문을 알 수 없는 인기를 얻고 있는 오스트
레일리아에서 녹여버릴 듯이 뜨거운 조명을 받으며
무대에 앉았다. 함께 앉은 인터넷 전문가는 캐나다
인이라는 만족감을 얼굴에 띠고 있었으며, 32달러
짜리 젤을 머리에 바른 것이 눈에 보였다. 그는 다양
한 주제에 대해 설득력 있게 잘 말했지만, 사이버
팬츠를 입고 있었다. 우리가 스케이트보드를 타고
인터넷을 돌아다녀야 한다고 믿던 시절에 입던 바지
와 비슷한 것. 그는 또한 내내 유행하는 고글을 쓰고
있었다. 눈이 멀 것 같은 사이버 빛으로부터 자신을
보호하기 위해서였는데, 그가 가지고 다니는 태양
에서 나온 빛이 그의 시야를 직격하고 있었다. 그것
은 하늘의 오래된 뼈 구멍 속에 꽂힌 미래라는 별이
었다.

"*제채기가 더 재미있죠?*" 그녀가 그에게 물었다.

"말할 필요가 없죠." 그가 대답했다. "*제채기로, 쭉.*"

·

이렇게 행사를 돌아다니는 동안 그녀의 몸속으로 공연의 귀신인 듯싶은 것이 들어왔다. 평소에는 그녀가 결코 접근할 수 없지만, 완전히 멀쩡한 인격이었다. 그것은 그녀의 안에만 머무르지 않고, 밖으로도 조금 새어나왔다. 부싯돌로 불꽃을 일으키듯이, 그녀의 몸에서 커다란 제스처를 뽑아냈다. 무대 위 자신의 모습을 나중에 지켜볼 때마다 그녀는 경악했다. 저 여자는 누구야? 그녀가 사람들에게 그런 식으로 말할 수 있을 거라고 누가 말했어?

·

"문제는!" 그녀의 말투는 호전적이었다. 별로 유명하지 않은 여성참정권 운동가 같았다. 낯선 각다귀 한 마리가 그녀의 마스카라에 붙어 있었다. 입에서는 오스트레일리아 사람들이 라테보다 낫다고 생각하는, 아주 미묘하게 다른 커피 맛이 느껴졌다. 청중이 격려하듯 그녀를 바라보았다. "문제는 우리가 더러운 말을 할 때마다 '내 도파민 좀 졸라 올려봐, 웹사이트!' 같은 문장이 포함되는 시대를 향해 빠르게 접근하고 있다는 겁니다."

●

그녀는 왜 전적으로 포털 안에서만 사는 삶을 선택했을까? '마당에 사슬로 묶인 아이'와 관련된 결정임을 그녀는 알고 있었다. 자신이 병자라는 착각 속에 살던 외증조모는 첫째 아들을 앞마당의 말뚝에 사슬로 묶어두었다. 아들이 뭘 하는지 창문을 통해 항상 지켜보기 위해서였다. 외가 쪽 계보에 다른 것이 있었다면 좋았을 것이다. 여자 비행사, 시끄러운 말괄량이, 국제적인 스파이 같은 것이 더 좋았을 텐데. 하지만 그녀에게 있는 것은 '마당에 사슬로 묶인 아이'였고, 그 아이는 그녀를 놓아주려 하지 않았다.

●

모든 나라에 〈글로브〉라는 이름의 신문이 있는 것 같다. 그녀는 어디에 가든 그런 신문을 집어 들고 카운터에 파운드나 크로네나 광기를 내려놓았다. 하지만 신문을 절반쯤 읽다 말고 포털의 즉각적인 세상으로 들어갈 때가 많았다. 그녀가 신문을 한 줄, 한 줄 세세히 읽는 동안에는 세상일에 대해 할 말이 있었다, 그렇지 않은가? 세상일에 대해 그녀는 반드시 뭐라고 한마디씩 해야 했다. 설사 그것이 **"뭐?"**라는 한마디뿐이라 해도.

설사 그것이 **"어이!"**라는 한마디뿐이라 해도.

•

그곳에서 무슨 일이 일어날지 그녀는 알고 있었다. 그곳에서 그녀는 항상 올바른 편을 선택할 것이고, 실패는 역사 속에만 있을 뿐 그녀의 것이 아니며, 그녀가 읽는 글은 항상 올바른 필자가 쓴 것이고, 잘못된 지도자를 향한 갑작스러운 열정이 그녀를 사로잡는 일도 없고, 그녀가 먹으면 안 되는 고기를 먹는 일도 없고, 투우에 환호하지도 않고, 아이들을 푸시[1]라는 별명으로 부르지도 않고, 요정이나 영매나 심

---

[1] 아이들에게 쓰는 말로는 '고양이'라는 뜻이지만, 동시에 여자의 음부를 뜻하는 비속어이기도 하다.

령사진을 믿지도 않고, 순수한 혈통이나 명백한 운명이나 밤공기도 믿지 않고, 딸에게 전두엽절제술을 시행하거나 아들을 전쟁터에 보내지도 않았다. 갑자기 부풀어 오르기도 하고, 흐르기도 하고, 폭풍이 되기도 하는 시대적 분위기에 종속되지도 않았다. 천재성이 없으면 그런 분위기에서 도망치기란 불가능했다. 설사 천재가 되더라도 십중팔구 아내를 때리고, 자식을 버리고, 하녀의 엉덩이를 꼬집고, 하녀를 품었을 것이다. 그녀는 지난 한 세기가 결론을 향해 가는 것을 지켜보았으므로, 결국 어떤 결말에 이르렀는지 알고 있었다. 검은색의 긴 법복을 입은 하늘이 모든 것을 결정했다. 그녀는 그 법복 꼭대기에 자리 잡은 머리처럼 공중에 둥둥 떠서 모든 것을 보았다. 모든 것을, 뒤로, 뒤로, 그러다 겁에 질려 자신의 밝은 날로부터 돌아섰다.

•

"식민주의." 그녀가 아름다운 기둥을 향해 이를 악물고 소리치자, 관광 가이드가 걱정스러운 표정으로 그녀를 보았다.

그녀의 몸 구석구석에 힘이 들어갔다. 그녀는 경찰을 미워하려고 애쓰는 중이었다.

"작은 것부터 시작해서 차츰 올라가보세요." 상담치료사가 제안했다. "먼저 빅맥 경관부터 미워하는 겁니다. 그는 맥도날드 랜드의 다른 주민들이 원하는 샌드위치를 먹을 수 없게 막아서는 계급의 배신자예요. 혁명의 때가 되면, 그의 머리로 만든 버거가 다른 사람들에게 먹히는 벌을 받을 겁니다." 그러나 이런 통찰력은 그녀의 마음속에서 새로운 낙담의 물결을 일으킬 뿐이었다. 상담치료사가 그녀보다 더 급진적인 건가?

•

사실 그녀의 아버지가 경찰관이었다. 그녀가 고등학교 시절 술에 취해 남의 차를 훔쳐 몰고 다니던 같은 학교 남학생들을 아버지가 멈춰 세워 쓸데없이 알몸 수색을 한 일이 유명했다. 그래서 그녀는 데이트 상대를 구하기 어려워졌다. 또한 데이트 상대를 구하더라도 그녀가 알아서 데이트를 이끌어야 했다.

•

어렸을 때 그녀는 밤에 단 한 가지 질문 때문에 말똥말똥 누워 있었다. 프랑스 사람들은 *자신이 하는 말의 뜻을 어떻게 알았을까?* 결국 엄마에게 이걸 물어보았지만, 엄마도 모르겠다고 말했다. 그건 그 문제가 대물림될 수밖에 없다는 뜻이었다.

•

배울 수 없어? 그녀는 밤늦게 구글에 물었다. *처녀성*

을 잃은 뒤로는 배울 수 없어?

●

지상의 사람들 중 절반만이 이해할 수 있는 문장,
10년 내에 누구도 해독할 수 없는 문장이 그녀에게
는 가장 비밀스러운 즐거움이었다.

섬뜩한 영국 마녀 구덩이

내년 여름 달에서 섹스

이븐이 뭐지

옥수수속대 당했다는 뭐지

그것이 내 비건 점심의 값

바지가 다리 상처를 태운다

●

집게손가락 끝에 감각이 없었다. 예전에 귀가 분홍색으로 변해서 부드럽고 유연해지던 것처럼. 의기소침한 디자인처럼 소용돌이치는 귀 주위 머리카락, 전화 통화 때문이었다.

●

그녀가 숨죽인 소리로 *안 돼, 안 돼, 안 돼나 도와줘, 도와줘, 도와줘*를 반복할 때 가끔 남편이 뒤에서 다가와 빅토리아 시대의 유모처럼 그녀의 뒷목에 한 손을 대곤 했다. "굳었어?" 그가 물으면 그녀는 고개를 끄덕인 뒤, 항상 그 상태를 벗어나게 해주는 행동을 했다. 구글에서 아름다운 갈색으로 구워진 닭고기 사진을 찾는 것. 여자들이 옛날에 하던 일이 그것이었기 때문일까.

●

그에게는 이런 문제가 없었다. 다음이라는 단어, 더라는 단어의 물질대사. 그는 필요한 만큼만 섭취했고, 그것으로 충분했다. 한번은 그녀가 그에게 가장 최근에 끼니로 먹은 것이 무엇이냐고 물었다. 그는 생각에 잠긴 얼굴로 즉시 대답했다. "바나나. 속이 꽉 찬 채로 죽고 싶지는 않으니까."

•

100년 전이었다면 그녀의 고양이 이름은 미튼스[I]나 푸시윌로가 되었을지 모른다. 하지만 지금 그녀의 고양이 이름은 닥터 벗홀[II]이었다. 거기서 벗어날 길이 없었다. "닥터 벗홀." 그녀는 밤에 이렇게 이름을 불렀다. 거의 절망적인 기분으로. 그러다 보면 녀석이 그녀의 품위를 빛나는 깃털처럼 입술에 매달고 문을 향해 타닥타닥 뛰어가 줄무늬가 진 몸으로 문턱을 넘어 사라졌다.

•

브리스틀의 석양은 벌집에서 뚝뚝 떨어지는 꿀 같았다. "사회에 대한 당신의 기여가 이것입니까?" 어떤 남자가 그녀가 올린 '개도 쌍둥이가 될 수 있나?'를

I mittens, 벙어리장갑이라는 뜻.
II butthole, 항문의 속어.

프린트해서 보여주며 이렇게 물었다.

"네." 그녀는 작은 소리로 대답했다. 자신이 '봉랍 매니큐어'라는 개념을 대중화했다는 점도 설명하고 싶었다. 손톱 전체에 아무렇게나 커다랗게 떨어뜨린 빨간색 봉랍 위에 그림을 그리는 방식이었다. 건국의 아버지들을 상징하는 시각적인 요소들을 사용하는, 아이러니 기반의 미학인 1776-코어의 길을 닮은 것이 바로 이 봉랍 매니큐어였다. 그러나 그 남자는 벌써 몹시 싫다는 표정으로 그녀에게서 돌아서서 걸어가며 프린트물을 둘로 찢어버렸다. 차라리 잘됐지. 어차피 영국인에게는 십중팔구 재미있는 이야기가 아니었을 것이다.

•

나중에 소년처럼 보이는 사람이 그녀를 만나려고 줄에 서 있었다. 그는 맨 마지막까지 기다렸다. "예전에 선생님의 일기를 읽곤 했어요." 마침내 차례가 되었을 때 그는 이렇게 고백했다. 즉시 그녀의 눈에서 눈물이 반짝였다. 아직 아무 일도 일어나기 전에 그녀가 쓴 그 일기! 거기에 그녀가 즐겨 쓰던 우스갯소리들을 지금 쓰면 해고당할 텐데!

"이름이 뭐라고 했죠?" 그녀가 묻자 그가 대답해주었다. 그러자 세속적인 황홀함이 그녀의 혈관을 타고 질주하기 시작했다. 그녀가 좋아하는 전생 중에 그와 같은 이름으로 불린 적이 있었다. 그녀는 그 생애를 아주 사소한 것까지 기억했다. 일을 마치고 마시던 술, 기차로 출퇴근하던 것, 점점 더 매운 카레를 찾아다니던 일, 유명하지 않은 레코드들이 상자에 담겨 있고 어둡게 느껴지던 아파트, 그 모든 것이 초록색으로 부드럽게 흔들리는 것 같던 느낌. 그녀는 일어서서 그를 끌어안았다. 어쩔 수 없었다. 품 안의 그가 쉽게 부서지는 연결고리처럼 느껴졌다.

•

어머니들은 야한 이모티콘을 도저히 끊을 수 없는 모양이었다. 자식의 생일날에는 혀를 내밀고 윙크하는 이모티콘을 쓰고, 비가 내리는 날에는 물방울 세 개가 분출되는 이모티콘을 몇 개나 길게 보냈다. 우리가 아무리 말해도 어머니들은 듣지 않았다. 어머니들이 살아서 우리를 사랑하는 한, 자신의 몸을 갈라 우리를 낳았다는 사실이 변하지 않는 한, 복숭아 계절이 되면 어머니들은 우리에게 복숭아를 보낼 것이다.

다시는 가지를 보내지 마요, 엄마! 그녀는 이렇게 문자를 보냈다. **엄마가 저녁식사로 뭘 요리하든 내가 무슨 상관이에요!**

•

공원에서 그녀 옆의 벤치에 두 여자가 앉아 일식의 힘에 대해 이야기하고 있었다. 그들의 이야기 주제는 이러했다. 일식 때문에 눈이 멀까? 일식 중에 밖에 나가서 내내 땅바닥만 바라보아도 눈이 멀까? 그때 개를 산책시키면 개도 눈이 멀까? 고양이가 일식을 못 보게 커튼을 잽싸게 닫아야 하나? 두 여자 중 한 명이 머뭇거리며 한 걸음 더 나아갔다. 일식을 찍은 *사진*을 나중에 봐도 눈이 멀까? 일식을 그린 그림, 일식을 정확히 묘사한 글은? 나이를 아주, 아주 많이 먹은 다음에 눈이 먼다면, 그것이 일식 때문인지 알 수 있는 방법이 있을까? 일식이 내내 검은 불꽃의 침묵 속에서 계속 그 사람을 따라다니며 때를 기다린 걸까?

●

물론 일식이 일어났을 때 독재자는 그것을 똑바로 바라보았다. 마치 자연도 자신을 어쩌지 못한다고 말하려는 듯이.

●

현 정권에 대한 항의 중 어떤 것이 실제로 유용할지 알아내기 힘들었다. 선거 다음 날 그녀의 남편은 잠에서 깨어 일어나면서 얼굴에 문신을 해야겠다는 강렬한 충동을 느꼈다. "오른쪽 눈 아래에 눈물 한 방울을 그리든지, 아니면 내 두개골이 완전히 드러나게 하고 싶어." 결국 그는 머리카락 선과 아주 가까운 곳에 아주 작은 글자로 **그만**이라는 글자를 새기기로 했다. 거의 눈에 보이지 않는 곳이었다.

＊

*9·11 때 스러진 사람들을 기리기 위해 저희 호텔
은 오전 8시 45분에서 9시 15분까지 무료 커피와
미니 머핀을 제공할 예정입니다*

＊

전에는 공동체가 우리에게 강요되었다. 그곳의 정신
적인 분위기도 함께. 이제는 우리가 공동체를 골랐
다. 아니, 그런다고 믿었다. 어떤 사람이 그녀의 조카
사진을 보려고 어떤 사이트에 가입했다가 5년 뒤 지
구가 평평하다고 믿게 되는 일도 가능했다.

＊

이상했다. 나치 사냥꾼들, 섹스를 약속하며 나치들
을 숲으로 꾀어내 총으로 쏘는 여자들, 아우슈비츠
문 앞에서 옷을 벗어 경비병의 주의를 끈 다음 알몸
으로 능숙하게 움직여 그들의 총을 빼앗는 여자들에
대한 이야기가 점점 많아졌다. 그녀가 어렸을 때는
왜 이런 이야기가 없었을까? 주로 다락에 숨어 일주
일에 감자 한 개로 살아가는 사람들의 이야기였다.

하지만 숲과 섹스와 살인이 등장하는 이런 이야기들, 이런 이야기들을 들었다면 그때 상황이 다르게 보였을 것이다.

●

"마이스페이스[1]는 내 평생이었어요." 그녀는 시카고의 한 서점에서 하마터면 울음을 터뜨릴 뻔했다. 청중은 모두 하얀 티셔츠를 입고 어깨 너머로 씩 웃는 남자의 이미지를 떠올렸다. 그들 각자에게 자기만의 음악이 자동으로 흐르기 시작했다. "그런데 그것이 사라졌어요, 사라졌어요, 사라졌어요!"

●

그녀가 포털에서 자주 이야기를 나누던 남자가 토론토에서 실제로 입을 열어 말하기 시작했다. 현대적인 말씨의 화신이었다. "나는 한동안 내 알을 인터넷에 올렸습니다. 우리 집 차고나 부엌 같은 곳의 평범한 사진을 올리면서 배경에 알을 점점 더 많이 집어

---

[1] 우리나라의 싸이월드와 비슷한 미국의 SNS 사이트.

넣은 거죠."

그녀는 생각했다. 이 대화가 필요한 첫 번째 이유는 내가 "왜 그런 짓을 하나요"라고 묻지 않는다는 것. 사람이 살다 보면 인터넷에 자신의 알을 더욱더 많이 올릴 이유가 생기는 것이 당연하다고 나는 생각한다. 그녀는 그의 발을 흘깃 내려다보았다. 그는 카우보이 부츠를 신고 있었다. 웃기려고. 그가 가끔 챙이 넓은 카우보이모자를 쓴 자신의 사진을 올리면서 '카우보이'라는 제목을 달 때와 같았다. 그는 새로운 공통의 유머감각을 다듬어낸 비밀의 건축가 중 한 명이었다. 지금 여기서 아주 가까이 들리는 저 목소리가 이미 전 세계에 지역적인 불길처럼 퍼져 있었다.

"어느 날 밤 나는 인터넷 게시자 한 무리가 회합을 여는 술집에 갔습니다." 그가 말을 이었다. "그런데 한 놈이 나한테 다가오더니 명함을 건네는 거예요. 거기에 '나는 당신의 알을 봤다'는 말이 인쇄되어 있었습니다. 그놈은 한마디도 하지 않았는데, 그 옆에 있던 놈의 친구가 무슨 신호라도 받은 것처럼 쓰레기통에 토했습니다."

"그래서 나는 속으로 생각했죠. 이런 식으로 웃기는 일은 두 번 다시 못 보겠구나."

음식이 나왔는데 꼴도 보기 싫을 정도였다. 그들이 메뉴에서 일부러 최악의 음식을 시킨 탓이었다. 웃기려고. "그걸 글로 써도 되겠네요." 그녀는 바람 속으로 몸을 기울이며 말했다. "누군가가 쓸 수도 있고요. 하지만 제인 오스틴의 글 같은 이야기가 되어야 할 거예요. 누군가가 아침 식탁에서 차가운 양고기를 먹으면서 한 말, 카드리유를 추면서 저지른 운명적인 실수, 응접실에 있다가 목덜미 털이 곤두서는 느낌." 창백하고 폭력적인 기미가 있는 어조, 머리카락을 쪼개고 또 쪼개서 DNA를 추출할 기세로 파고드는 것. *사교 소설.*

그의 옆모습을 보니, 그가 문명의 불타는 종점처럼

보였다. 대서양의 배, 출렁거리는 초록색 물을 건너면서 뱃멀미를 하던 조상들, 그가 아들과 똑같이 생겼다는 사실. 그는 가끔 아들의 사진을 올렸다. 그녀는 생각했다. 누군가가 그런 일을 하지 않는다면 우리가 어떻게 미래를 위해 그런 것을 보존할 수 있을까. 세기말에 남자로 살면서 자신의 알을 인터넷에 점점 더 많이 올리는 기분이 어떨까?

나가는 길에 몽롱한 상태에서 그녀는 자신이 그런 사진들을 몇 장 본 것을 기억해냈다. 아주 오래전, 다른 것들을 언뜻언뜻 보던 중에 보았음을. 그러나 그 사실을 언급할 순간은 이미 지나버렸다. 그는 담배에 불을 붙였다. 그녀는 웃기려고 담배 하나를 그에게서 빼앗아오면서 이렇게 말했다. "다들 완전히 잘못 알고 있어요, 안 그래요? 그것에 대해 벌써 글을 쓰는 사람들은 완전히 잘못 알고 있어요."

"아 그럼요." 그가 웃기려고 콧구멍으로 부드럽게 숨을 내쉬며 말했다. 그녀 역시 잘못 알고 있다고 말하는 듯한 어조로.

사람들이 한자리에 모여서 자신이 칸디다 과다증에 걸렸다는 얘기를 하는 게시판에 서브컬처들이 우후 죽순 나타났다. 늦은 밤 빈둥거리며 검색어를 입력하다가 우연히 그런 것과 마주칠 정도였다. 나는 왜 항상 피곤한가, 나는 왜 7분짜리 독백을 암기할 수 없게 되었는가, 어렸을 때는 분홍색이던 내 혀가 지금은 왜 그렇지 않은가. (새벽 세 시에 질문할 것은 둘밖에 없었다. '나는 죽어가고 있는가'와 '누구든 나를 진짜로 사랑하는 사람이 있는가'.) 너는 잠 못 이루는 밤 고속도로변에서 환영하듯이 빛나는 칸디다 과다증 게시판을 찾아내 반회전문을 통과해 들어갔다. 문은 등 뒤에서 곧바로 단단히 닫혔다. 너는 칸디다 과다증 언어를 터득했다. 처음에는 무엇보다 탄력적이어서 고무줄처럼 튕길 수 있었던 언어유희가 곧 그들만의 용어로, 그 다음에는 신조로, 그 다음에는 교리로 변했다. 칸디다 과다증 게시판에서 느낄 수 있는 굴욕감, 꾸짖음, 비난 때문에 너의 행동이 미묘하게 달라졌다. 너는 자신에게 반대하는 상대편의 주장을 예상하고 샤워실에서 머리에 비누칠을 하며 생각해

보았다. 너의 머리카락은 이미 칸디다균 때문에 풍성하게 자랄 수 있는 잠재력과 광택을 잃었다. 만약 카리스마 있는 마법사가 칸디다 과다증 게시판에 나타난다면, 그가 다른 멤버들을 독촉해서 더욱더 높은 수준의 수사법과 응답과 임시변통으로 끌어올린다면, 칸디다 게시판이 그들만의 새로운 언어를 낳는 것도 불가능한 일은 아니었다. 세상 사람들이 처음에는 그 언어를 이해하지 못하겠지만, 나중에는 보편적인 언어로 여기게 될 것이다.

또한 네가 남편을 버리고 그 사람을 선택하게 될 가능성도 있었다.

다음 날 아침 너의 눈은 깔깔하고, 혀는 전보다도 훨씬 덜 분홍색을 띠었다. 직장에서 스쳐 지나가는 사람들이 칸디다 과다증에 관한 이야기만 오가는 생생한 게시판보다 덜 현실 같았다. 칸디다 과다증은 심지어 존재하지도 않는데.

•

최근에 발견된 새로운 품종의 청개구리 사진. 과학
자들은 지금까지 이 녀석이 한 번도 발견되지 않았
던 것은 "몸이 혹으로 뒤덮여 있고, 녀석이 간섭을
원하지 않았기" 때문일 것이라고 추측했다.

나

나

믿을 수 없게도 나

그것 나

•

다른 것들은 미끄러져 내려갔다. 빠르게 흐르는 정
신의 강물이 그 위를 덮어버려서 그녀는 그것들이
전에는 어디에나 존재했음을 잊어버렸다. 기후 변화
에 대한 인식을 일깨우려고 맨발로 걸어서 아메리카
대륙을 횡단한 시인이 있었다. 이런 게 정확히 어떻

게 효과를 발휘했을까? 그래도 그녀는 포털에서 그의 이름이 그녀를 향해 앞으로 나설 때마다 *기후 변화*라는 말을 혼자 속삭였다. 그는 매일 자기 발을 사진으로 찍어 게시했다. 그래서 그녀는 무구한 물집들이 발에 번져서 터지는 것, 타르 같은 딱지가 더 두꺼워지는 것, 여기저기서 발톱이 안으로 파고들어간 것을 볼 수 있었다. 평발이구나. 그녀는 생각했다. 사진 뒤편에서 항상 흐릿하게 어른거리는 것은 활짝 웃고 있는 그의 얼굴이었다. 뻣뻣한 머리카락이 얼굴 옆으로 꽃줄처럼 흘러내렸다. 그는 텔레비전 전도사들이 쓰는 황동색 테 안경을 쓰고 있었다. 땀을 흡수하는 띠를 두르고, 밝은 주황색 안전조끼를 입고 있을 때가 가장 많았다. 그는 한없이 흘러가는 구름 아래에서 이 나라의 뜨거운 갓길을 걸었다. 계속 걸었다. *기후 변화*. 어느 날 고속도로에서 지나가던 SUV가 그를 치었다. 그 뒤로는 누구도 그의 발을 다시 보지 못했다. 정직하게 몇 킬로미터씩 걷던 그 검은 발과 발톱 자국과 그 발이 띠고 있던 임무는 지금 현재의 흐름에서 떨어져 나갔다. 누군가가 죽었다. 그녀는 그를 한 번도 직접 만난 적이 없지만, 그래도 그가 입은 부상의 질감을 십여 번 파고들었다. 그녀가 너무 게을러서 직접 밖으로 나가서 보지는 못해도, 분홍색 석양을 향해 눈을 가늘게 뜰 때처럼. 바로 그런 느낌이었다.

•

ㅋㅋㅋ 그녀의 여동생이 문자를 보냈다. 언니 몸이 1-2도쯤 변한다고 생각해봐... 그런 걸 고열이라고 하는데 일주일 동안 그런 상태면 죽을 수도 있어. 바다가 몇 년 동안 고열 상태라면...ㅋㅋㅋ

•

다섯 살 아래인 여동생은 그녀에 비해 200퍼센트 덜 아이러니한 삶을 살고 있었다. 최근 그녀는 여성이 단장하는 모습을 찍은 사진의 모델로 발탁되어 웅크린 모습, 몸을 쭉 편 모습, 근교의 집이 베이지색 사바나라도 되는 것처럼 누군가에게 덤벼드는 암호랑이 모습을 연출했다. "그런 건 나중에, 내가 아이를 낳은 뒤에." 그녀는 이렇게 설명했다. "50년 뒤에 내가 늙었을 때." 젖통이 멋지게 늘어진 할머니들이 양

로원에서, 흔들의자에 앉아서, 녹지 않는 부빙을 타고 바다로 떠가면서 단단한 엉덩이로 둘러앉아 과거를 추억하는 시기가 반드시 올 것이라는 믿음이 워낙 단단해서 그녀는 순간적으로 미래 또한 믿었다. "네가 티팬티와 신시내티 벵골스 모자만 걸친 차림으로 창가에 서 있는 사진 내가 올려도 돼?" 그녀가 묻자, 조건 없는 사랑을 지닌 여동생은 된다고 대답했다.

•

혼란이 너무 커서 사람들은 이제 유명한 개에게 관심을 기울이지 않았다. 그런 개들이 얼마나 작은지, 무슨 옷을 입는지, 아주 뜨거운 가방 속에서 숨이 막혀 거의 죽을 뻔한 개가 링거를 맞고 살아난 사례가 최근에 있었는지 아는 사람이 하나도 없었다. 벨벳 운동복을 입은 유명 인사들이 신문지를 들고 다니며 개의 뒤처리를 해주는 사진에 모두가 관심을 쏟던 얼마 전까지의 시대가 지금은 상상할 수 없을 만큼 사치스러운 시대, 거의 각성에 가까운 무념무상의 시대로 여겨지게 되었다. 어느 모로 보나 멋들어진 시대로 여겨지게 되었다.

●

경찰관이 창문을 향해 허리를 구부린다, 경찰관이
가장자리에 풀이 자라는 도로의 모퉁이를 돈다, 카
메라를 향하는 각도로 목을 감싼 경찰관의 팔꿈치.
하늘이 갑자기 빙글 돌면서 흔들리더니 우리가 함께
길바닥에 쓰러져 있다. 경찰관의 불그스름한 목, 경
찰관의 머리 양옆에 모래알처럼 나 있는 수염 자국,
경찰관의 선글라스. 쓸데없이 간섭하는 경찰관의 힘
겨운 숨소리, 한 번도 멈춘 적이 없는 숨소리였다. 매
끈한 플라스틱 경찰봉, 방패, 직소퍼즐처럼 늘어선
탱크들의 막을 수 없는 전진, 과거 그녀가 경찰관에
게 웃어줄 때 사용하던 얼굴 근육의 움찔거림…….

매일 새로운 이름이 터져나왔다. 언제나 죽임을 당
한 사람의 이름이었다. 열두 살 소년이거나, 할머니
거나, 안전 울타리 안의 유아거나, 오스트레일리아
출신 여자일 때도 있었지만…… 살인의 순간이 포털
에서 잔물결처럼 퍼질 때가 많았다. 자꾸만 그 영상

을 틀다 보면 언젠가 영상의 내용이 바뀔지도 모른다고 생각하는 것처럼. 가끔 그녀는 그 얼굴들을 보다가 엄지손가락으로 코, 입, 눈의 선을 더듬어볼 때가 있었다. 이제는 이곳에 없는 누군가를 기억하려는 것처럼. 그녀가 그 사람에 대해 알게 된 것은 오로지 그 사람이 사라졌기 때문이었다.

·

이 시간선을 떠나 다른 시간선으로 살짝 들어가고 싶다는 수많은 농담들. 우리가 그 시간선에 거의 들어온 것 같아. 그건 틀림없이 어디 다른 데서 일어나는 일이야. 소망을 담은 농담이었다. 이 시간선을 되돌리는 것이 절대로 불가능해 보였으니까. 그녀가 손을 뻗어 만져보려고 하면 시간선이 흔들렸다. 그녀의 손끝에 묻어 나온 물질은 약국에서 파는 윤활제 같은 느낌이었다. 그녀가 원하는 섹스를 도저히 버텨낼 수 없는 물건. 그런 섹스는 이제 불법이었다.

·

"기름기, 물티슈, 콘돔으로 만들어진 거대한 지방 덩

어리가 런던의 하수구를 쑥대밭으로 만들고 있다"는 문장을 자판으로 입력하기 시작하는데 손의 윤곽이 흔들리기 시작해서, 그녀는 서늘한 벽에 정수리를 대고 앞뒤로, 앞뒤로 흔들어대야 했다. 이전 세대의 머릿속에서는 이런 문장 대신 무엇이 돌아다녔을까? 순무 심기에 관한 민요였겠지. 그녀는 이렇게 추측했다.

•

"1950년대라면 우리는 가정주부였을 거야." 그녀의 친구는 크고 소박한 옛 곡식 더미로 숙취를 빨아내면서 어깨를 으쓱했다.

"1950년대라면 나는 밀크셰이크 무리에 들어가 랫바이트[1] 같은 별명으로 불렸을 거야." 그녀는 판에 담겨서 나온 샐러드를 노려보며 반격했다. 그녀가 포크로 샐러드를 너무 거칠게 헤집은 탓에 오이조각 하나가 쫙 미끄러져 그녀의 무릎에 떨어졌다. 그리

---

[1]   Ratbite. '쥐에 물렸다'는 뜻.

•

고 신선한 초록색 시계처럼 그녀를 올려다보았다.

•

정치적 교육 수준이 감자와 같은 백인들, 울룩불룩
하고, 촌스럽고, 아일랜드인에게 편견을 지닌 백인
들은 갑자기 불의에 대해 목소리를 높여야 할 것 같
은 압박을 느꼈다. 이건 평균 40년마다 한 번씩 일어
나는 일이었다. 보통 포크 음악이 다시 인기를 얻고
나면 그 다음에. 사람들은 다시 유행하는 포크 음악
을 들으면서 자신에게도 조상이 있었음을 새삼 떠올
렸다. 그러고는 한참 동안 미적거리다가 자기 조상
들이 나쁜 짓을 했음을 떠올렸다.

•

영화가 편안하게 다가오는 것은, 몸처럼 느껴지지
않는 몸을 볼 수 있다는 점 때문이었다. 라벨이 가렵
지 않은 옷을 입고 묘지에서, 심지어 오르막길에서
도 수월하게 움직이는 몸. 삐져나온 머리카락이 립
글로스에 붙잡히는 일도 없고, 몸과 몸의 마찰도 없
어서 천국 같았다. 슬라이드처럼 서로의 몸 위에서

미끄러지고, 초원의 말처럼 아름답게 사랑을 타고 달리는 몸. 섹스 장면은 옷장 속에서 블라우스와 바지가 서로 스치는 것 같았다. 맑고 푸른 곳에서 그녀가 그리워하게 될 것들을 제대로 느끼지 못한 채로.

바다 가장자리에서 잘린 풀, 자신이 풀이라고 느낄 필요가 없었다. 1946년에 만들어진 영화 속 모피코트는 잔인함이 거의 느껴지지 않는 상태에 가까워서, 원재료가 된 여우와는 한참 거리가 멀었다. 예외는 천재가 만든 영화였다. 그런 영화에서는 모든 것이 자신의 존재에 대한 특정한 고통을 후광처럼 둘러쓰고 있었다. 음, 또 다른 예외는 여배우에게 작은 콧수염이 있을 때였다. 그녀는 처음부터 내내 그 콧수염에서 시선을 뗄 수 없었다.

•

"도저히 믿을 수 없는 소식이 있어." 어느 날 남편이 이렇게 말하더니, 아래층 이웃이 현재 〈사우스와 촘〉이라는 리얼리티 프로그램에 출연 중이라고 그녀에게 알려주었다. 모든 리얼리티 프로그램이 그렇듯이 이 프로그램에도 서로를 미워하는 절친한 친구들이 출연했다. 그들은 믿을 수 없는 심정으로 하루 만에 한 시즌을 모두 정주행했다. 그동안 내내 그녀의 발 아래에서는 기록이 진행되었다. 그녀가 한 말 중에 몇 마디가 틀림없이 천장을 통과해 아래층으로 내려가서 영원히 기록되었을 것이다. 반복적으로 돌아가는 음반, 밤중에 울린 큰 소리도. 아니, 그렇지 않았다. 그 프로그램을 보면 볼수록, 그녀의 존재에 대한 증거가 없다는 게 확실해졌다. 혼자서, 고통 속에서, 작은 콧수염을 후광처럼 이고, 고함을 질러대며 서로를 미워하는 친구들의 머리 위에서 천국에 대한 생각에 붙들려 있는 그녀의 존재.

●

"난 이 딜도가 너무 싫어." 그녀가 선언했다. "처음부터 싫었어. 아침에 일어나자마자 내다버릴 거야." 그들이 아까 그것을 사용했기 때문에, 그것이 지금도 이불 속에 있었다. 민숭민숭하고, 충격적이고, 가짜 진주가 잔뜩 박힌 모습으로.

•

"아팠어?" 남편이 일부러 더 순진무구한 표정을 지으며, 베개 위에서 대리석을 깎아 놓은 것 같은 상반신의 자세를 바꿨다.

"당연히 아팠지!" 그녀는 섹스 지휘자처럼 그를 향해 딜도를 흔들어대며 소리쳤다. 굵기가 정말 엄청났다. 게다가 여기에 가짜 혈관은 왜 만들어놓은 건데? 그녀가 돌고래 비슷하게 생긴 걸 원하는 건 아니었지만, 그래도 그렇지 왜 혈관을 만들어놔? "이걸 당신 엉덩이에 꽂는다고 상상해봐!"

"난 그걸 엉덩이에 꽂을 생각 없어." 남편이 이성적으로 말했다.

"자진해서 꽂으면 덜 아플 것 같아?" 이 말이 뜻하지 않은 지혜의 한 조각처럼 방 안을 가로질렀다. 빨래처럼 깨끗하고, 바람이 가득했다. 아, 그녀는 고함을 지르는 것이 좋았다. 앞뒤가 안 맞게 구는 것도 좋고, 조금 겁이 나는 밤에 말도 안 되는 소리를 하는 것도 좋았다. 밤의 시간들이 똑같이 생긴 작은 머리를 들고 완벽한 청중처럼 그녀를 빤히 올려다보았다. 아까 그녀가 최대한 다리를 벌리지 않았던가? 남편이 그것을 그녀에게 사용할 때 신음소리를 내지 않았던가? 심지어 좋아, 좋아, 더라고 말하지 않았던가? 그랬다, 그랬다. 그렇다 해도 다리 사이가 욱신거리는 것 역시 그녀의 특권이 아닌가? 특권이었다. 남편도 그것을 겪어봐야 했다. 혈관이 새겨진 그 충격적인 물건을 한 번쯤은 견뎌봐야 했다.

"남자들이란." 그녀가 말했다. 이제는 만족스러운 표정이었다. 딜도는 원래 있던 상자 속으로 다시 들어갔다. 4년 전이었다면 위험한 어맨다나 갈색머리의 야망 같은 이름의 여성 전용 웹사이트에 이 물건에 관한 개인적인 글을 썼을 것이다. 그리고 원고료로 250달러를 받았을 것이다. 하지만 지금은 오로지 신음소리, 그 순간, 방 안을 가로지른 지혜의 조각만 있었다. 다시 반복할 수 없는 그 밤만 있었다.

·

"당신 지금…… 울어?" 남편이 배낭을 의자로 휙 던
지며 물었다. 그녀는 흐릿한 눈으로 그를 바라보았
다. 당연히 울고 있었다. 남편은 왜 울지 않는 거지?
기형적으로 생긴 벌을 애완동물로 키우는 여자의 영
상을 못 본 건가? 그녀를 사랑하던 벌이 죽는 영상?

·

그녀의 찻잔이 입술로 올라가 살짝 기울어졌다가 다
시 멀어졌다. 잠시 뒤 홀린 듯이 읽던 글에서 고개를
들어 보니, 찻잔이 어디에도 보이지 않았다. 사이드
테이블에도 없고, 바닥에 떨어져 있지도 않고, 침대
위의 헝클어진 이불 속에서 굴러다니지도 않았다.
수줍은 초가집과 정원이 수채화로 그려져 있고, 테
두리가 금박으로 장식된 잔이 사라져버렸다. 그녀는
그 찻잔을 찾으려고 30분 동안 주변을 뒤지면서 점
점 오싹해졌다. 자신이 그것을 핸드폰 속 어딘가에
넣어버렸다는 느낌이 오른손에서 웅웅거리고 있었
기 때문에.

적어도 일주일에 두 번, 그녀는 그 무시무시한 존재, 아기 히틀러를 상상해볼 수밖에 없었다. 그의 겨드랑이를 찍은 저화질의 흑백 화면. 알몸일 때도 있고 기저귀를 차고 있을 때도 있고, 콧수염이 있을 때도 있고 없을 때도 있고, 작은 회색 탱크에 타고 있을 때도 있고 금발 가발을 쓴 또 다른 아기와 함께 벙커 안 침대에 누워 있을 때도 있었다. 그러다 보면 누군가가 검은색 전화 부스로 들어가 검은색 혜성에 역방향으로 올라타고 돌진해 와서 칼을 휙, 또는 목을 탁, 또는 총알이 점처럼 날아와 쾅! 그 다음에는 아기 히틀러의 마르지판[1] 위에 온통 빨간색 장식 얼룩이 묻고, 그것으로 미래는 일어나지 않는다. 그렇게 쉽게. 숫자들은 원래 있어야 할 곳으로 돌아가고, 줄무늬는 민무늬로 슬쩍 바뀌고, 떨어져나온 살은 몸에 다시 붙는다. 감자는 다시 정상적인 끼니가 된다. 하지만 자유로이 떠돌아다니는 저 빨간 느낌은 모두 어디로 갈까? 그가 처음으로 연설을 시작한 그 발코니까지 그를 올려놓은 사람들 사이의 구름은?

•

내 미국이 아니다. 완전히 선량한 어떤 여자가 올린 글에 그녀는 자신도 잘 모르는 이유로 댓글을 달았다.

아이고, 맞아요… 우리가 이런 걸 만들려고 조지 워싱턴의 머리를 25센트 동전 속에 가둔 게 아닌데요

•

선거 한 달 뒤, 그녀는 48시간 동안 포털 사용을 금

---

[1]   설탕과 아몬드로 만든 과자.

지당했다. 자유의 나무라는 상표가 붙은 갈색의 가느다란 세척솔을 비틀어 만든 작은 조각상 위에 생리 중인 그녀가 몸을 웅크린 사진을 올린 탓이었다. "그건 당신이 이 시나리오 속의 폭군이라는 뜻 아닐까?" 남편이 물었지만, 그녀는 쓸데없는 말은 하지 말라고 그에게 말했다. 그녀는 계정이 살아난 뒤 정치적인 논평을 한동안 쉬기로 했다. 문제를 겪었기 때문이 아니라 자신의 생각을 이미 분명히 밝혔기 때문이었다. 또한 움직이는 생리혈이 잘 찍힌 사진을 건지는 데에 대략 사흘이 걸렸다는 이유도 있었다.

•

기차 모형을 파는 상점 앞을 지날 때마다 그녀는 주먹을 꽉 쥐고 이렇게 말했다. "전부 *당신* 탓이야……." 맞는 말이었다, 맞는 말이었다. 우리가 알던 세상이 점점 끝나가고 있는 것은 160년 전인지 언제인지 하여튼 어느 괴짜 늙은이가 기차에 집착한 나머지 아직 존재하지도 않던 기차를 발명한 탓이었다. 칙칙폭폭, 이 망할 놈아, 이제 만족해?

·

우리를 하나로 묶어주는 것은 이 믿음뿐이었다. 다른 나라 사람들은 모두 말로 표현할 수 없는 음식을 먹고, 유리보다 더 투명한 신을 숭배하고, 구-구-구-구-구-구처럼 아무 뜻도 없는 음절들만 줄줄이 늘어놓고, 호전적이지만 품위는 없고, 적절한 배를 타고 건너오려다 죽은 사람들을 돕지 않고, 널찍한 푸른색 콧구멍으로 올바른 향을 올려보내지 않고, 무엇이든 기어다니는 것과 함께 기어다니고, 우리처럼 자식을 사랑하지 않고, 가장 유혹적인 신체 일부를 노출하고 가장 평범한 부위는 옷으로 가리고, 초자연적인 힘으로부터 음경을 보호하기 위해 거기에 컵을 씌우고, 그들의 시는 쓰레기고, 그들은 달을 존중하지 않고, 우리 친구들의 작은 얼굴을 저며서 스튜 냄비에 넣는다는 믿음.

·

시차 때문에 고생할 때면 그녀는 어머니처럼 변하는 습성이 있었다. 고등학교 사서인 어머니는 조용히 과음을 하는 문제가 있었다. 어머니가 *대학교* 사서이기만 했어도. 그녀는 생각했다. 그러면 내가 아주 적절한 사상들을 정말로 맛볼 수 있었을 텐데.

●

"의식의 흐름!" 그녀는 자메이카에서 무대에 올라 이렇게 소리쳤다. 자메이카에서는 물이 벌거벗은 청록색을 띠었다. 하지만 이런 색도 금방 사라질지 몰라. 그녀는 속으로 음울한 생각을 했다. "의식의 흐름은 오래전 아내가 자신의 온몸에 방귀를 뀌어주기를 원했던 한 남자에 의해 정복되었습니다. 하지만 전적으로 여러분 자신만의 것이 아닌 의식의 흐름은 어떨까요? 여러분이 참여한 의식의 흐름이 여러분에게도 영향을 미친다면?" 청중 한 명이 하품을 하자, 다른 한 명도 하품을 했다. 지금의 전염병 매개체들이 존재하기 훨씬 전부터 그들은 남을 전염시키는 생물이었다.

●

멜버른에서 야생동물 구조에 나섰을 때 알비노 새끼 캥거루가 그녀의 품 안에 들어오자 불신이 그녀의 가슴을 찔렀다. 사람들이 이 캥거루에게 더 마음을 주는 것은 백인 우월주의 때문인가? 파란 눈의 고양이를 더 열심히 입양하는 것과 같은 이유? 생각해볼 가치가 있었다. 그래도 녀석을 안고 있는 동안 그녀는 자신의 몸 한복판에 깊고 탄력 있는 주머니가 생기는 것을 느꼈다. 이 대륙에서 뭔가를 몰래 빼내갈 수 있는 주머니. 이 대륙에서는 달이 뒤로 움직이고, 아이스캔디는 골든 게이타임스라고 불린다. "미국에서는 인종차별이 아주 심하죠?" 도시로 돌아가는 길에 운전기사가 그녀에게 물었다. "아주 심하죠." 그녀는 이렇게 말하고 나서 자세히 설명하려고 했지만, 운전기사가 한 손을 들어올리며 고개를 저었다. "여기에도 있어요. 매일 보여요. 경찰은 항상 그런 사람들을 죽여요. 고작해야 작은 걸 하나 훔친 사람까지도."

•

그녀는 BBC와의 인터뷰에 한 시간 일찍 도착했다. 이 점이 자신의 나라에 대한 인상을 좋게 만들어주기를 바라면서. "당신은…… 스스로를…… 영국인이라고…… 생각합니까?" 인터뷰를 하러 온 기자의 안

내를 받아 온도가 잘 조절된 스튜디오로 들어가면서 그녀는 그에게 아주 조심스럽게 물었다. 누구를 영국인으로 생각해야 하고 누구를 그렇게 생각하면 안 되는지 도저히 알 수 없어서였다.

"만약 누가 제 머리에 총을 겨누면, 저는 십중팔구 예! 하고 소리 지를 겁니다." 그는 뜨거운 입김을 내뿜으며 이렇게 대답했다. 턱을 치켜든 모습에서 체념과 도전이 모두 보였다. 그녀는 놀라서 뒤로 물러섰다. 그녀가 지금 브렉시트를 저지른 건가? 요즘은 우연히 브렉시트를 저지르기가 아주 쉬웠다. 그녀는 다시 앞으로 다가서서 어색하게 그의 팔을 토닥거렸다. "뭐, 걱정 마세요. 그런 일이 일어날 수 있는 곳은 미국뿐이니까요."

•

다른 나라의 택시 기사들은 목적지까지 5분이 남았을 때 그래도 독재자가 세상을 휘젓고 있기는 하다고 말하곤 했다. "거기서는 벌써 상황이 훨씬 좋아졌잖아요." 한 남자 기사가 그녀에게 격려하듯이 말했다.

차창 밖에서는 아주 보기 드문 화면보호기처럼 그날의 해가 정해진 자리로 곧장 내려가고 있었다. "내가 그 선거로 1만 달러를 땄어요. 앞으로 어떻게 될지 나는 다 보였거든. 다른 사람들은 전부 모르더라고." 그래, 지금 뭐가 어떻게 돌아가는지는 몰라도 그 변화가 그냥 물속으로만 들어간 것이 아니라 바닷속으로도 들어갔다는 얘기였다.

●

하지만 청춘에게는 희망이 있었다. 유럽의 어느 기차에서 그녀는 아기처럼 생긴 체코 커플과 같은 칸에 앉았다. 그들은 자꾸만 서로의 눈, 손, 입 속으로 기어 들어가려고 했다. 몇 분마다 한 번씩 여자가 남자친구의 손목을 들어올려 입을 맞췄다. 마치 그해에 처음 출시된 딸기를 먹는 사람처럼. 그러고는 남자친구의 얼굴을 향해 체코어로 마음을 파고드는 다정한 말을 홍수처럼 쏟아냈다. 그녀의 뺨이 수줍어서 분홍색으로 타올랐다. 미국에서는 2016년 11월 8일에 섹스가 끝났을 뿐만 아니라, 바위를 부숴 그것으로 건물을 지은 정복자의 언어인 영어로는 애당초 그런 음색을 낼 수 없기 때문이었다. 마치 영어가 오래전부터 다리를 벌리고 있던 파멸 속으로 계속 굴러떨어지고 있는 것 같았다.

혁명이 혁명을 가져오지. 그녀는 그 커플을 보며 생각했다. 그때 그들이 갑자기 햇살 같은 얼굴을 그녀에게 돌려 미소 지었다.

•

국제적인 도시의 젖은 거리를 걷다가 인간의 영혼을 거대한 증기처럼 내뿜을 준비가 되어 있는 그 따스하고 틀림없는 냄새, 서브웨이 빵 냄새를 그녀가 갑자기 맡은 일이 사실일 리가 없었다. 그녀가 그 냄새를 그렇게 즉각적으로 알아차릴 리도, 걷다가 갑자기 멈출 일도, 남편과 함께 기쁜 표정으로 서로의 얼굴을 보며 입을 모아 **신선하게 먹어요**라는 노래를 부를 리도 없었다. 현대인의 삶이 우리 각자의 마음속에 서브웨이 지점을 하나씩 만들어놓았을 리가 없었다.

•

호텔 바의 아래층에서 항상 훌륭한 건강보험을 갖고 있던 매끈한 벨기에 커플이 그녀에게 스리섬을 제안했다. 하지만 그 전에 누구에게 투표했느냐고 그녀에게 묻는 걸 잊지 않았다. "정말 죄송하지만 하나 물어봐도 될까요?"

•

하지만 우리 모두 속은 똑같지 않나? 아니, 프로방스에서 위층 남자는 화장실 밖에서 그녀를 기다렸다. 그녀가 문을 열자 그는 분수처럼 자신을 그녀의 입 안으로 쏟아넣고, 유전을 찾아냈다. 동전이 비처럼 쏟아지는 것 같았다. "우와." 그녀는 말에 올라탄 기수 같은 목소리로 말했다. 그녀의 눈은 금색 포도주 때문에 자꾸만 옆으로 미끄러졌다. 뜻밖에도 초원 사람처럼 얌전한 태도였다. 하지만 남자는 그리스도처럼 세 번 숨을 몰아쉬고는 다시 그녀에게 달려들었다. 수백 년 동안 쌓인 것이 인간의 혀 모양으로 그녀의 안에 발산되는 동안 그녀는 생각했다. 아, 아,

젠장, 아무래도 프랑스인은 정말로 다른 것 같아. 일단 폭동을 일으키는 법을 잘 알기는 했지.

•

"나는 거의 남자가 된 것 같은 기분이에요. 내가 말하면 안 되나요?" 그녀를 자신의 수업에 초대한 독일인 교사가 빙긋 웃으며 말했다. 그의 학생 세 명은 논바이너리였는데, 그중 한 명은 텍사스 출신의 음경 이식자였다. 그래서 그녀의 상상 속에서 그는 계속 허리에 올가미 밧줄을 두른 모습이었다. 곧 남자가 될 사람, 아무 말도 할 수 없는 사람! 어떤 의미에서 그녀는 그 교사에게 연민을 느꼈다. 그의 머리카락은 마치 레고 부품 같은 모양이었다. 하지만 그보다 훨씬 더 구체적인 다른 의미에서 그녀는 그날 아침에 저급한 브랜드의 다섯 시간짜리 독일산 에너지 음료를 마셨다. 이게 강해봤자 얼마나 강하겠나 싶었다. "그 말에 내놓을 수 있는 유일한 대답은······ 닥쳐입니다." 그녀는 그에게 이렇게 말했다. 생각했던 것보다 훨씬 큰 목소리가 나와서, 세상에, 카페인 양이 *미터법*으로 표기된 건가? 하는 생각이 들었다.

"이런, 종이 울리네요." 그가 아쉽다는 듯이 그녀에게 말했지만, 그녀는 종소리를 듣지 못했다. 그가 미간을 찌푸리며 그녀를 바라보는데, 그 의미를 모를 수가 없었다. 그녀가 온 세상의 모든 수업을 끝장내는 바람에 이제 누구도 배움을 허락받을 수 없게 되었다는 뜻. 특히 교사인 그는 더욱더.

•

얼마 전 독재자가 임명한 핀란드 주재 미국 대사가 그녀를 직접 데리고 다니며 관저를 구경시켜주었다. 그는 단테에 완전히 푹 빠져 있어서 《신곡》에 등장하는 역사적인 인물들을 새긴 체스 세트를 직접 주문 제작해서 갖고 있었다. "내가 조금 업데이트하기는 했어요." 그가 이런 상황에서 공화당의 모든 할아버지들이 보여주는, 살짝 발정이 난 듯한 자기만족이 깃든 표정으로 그녀에게 이렇게 말했다. "악당들 쪽에 한 명을 추가했죠. 한번 찾아봐요." 그건 히틀러였다. "착한 편에도 한 명 추가했어요." 이렇게 말하는 그의 얼굴이 대통령의 개처럼 기대감으로 터질 듯했다. 그녀는 체스 세트를 내려다보았다. 그것은,

당연히, 카우보이모자를 쓴 로널드 레이건이었다.

•

우리가 그 소년들을 어떻게 해야 했지? 우리가 그 소년들을, 소년들을 어떻게 해야 했지? 네덜란드에서 그녀는 이제 마르크스주의자가 된 한 남자를 만났다. 전에는 *다크웹에 세뇌된 비밀 파시스트*이던 사람이었다. 모든 파시스트가 그렇듯이, 그는 은근히 순종적이었다. 그가 무엇보다도 바라던 일은 여자를 유혹해서 그녀가 허락하는 한 계속 안고 있는 것이었다. 그는 자신이 할 수 있다는 것을 보여주려고, 충격적일 정도의 우아함과 힘을 드러내며 단번에 그녀를 휙 들어올렸다. 그리고 자신의 엉덩이를 그녀가 감싸며 자리를 잡게 한 뒤, 거의 세포 수준에서 나오는 안도의 한숨을 내쉬었다. "행복해요?" 그녀가 묻자 그는 말로 할 수 없다는 표정으로 고개를 끄덕였다. 어린아이 같았다. 그러고는 축축한 머리를 그녀의 목에 기댔다. "당신 머리카락이 너무나 부드러워요." 그가 중얼거렸다. "내 머리카락도 당신 것처럼 부드럽게 만들어줄 수 있어요?"

비행기 옆 좌석의 여자는 책을 읽고 있었다. 포털에서 뭔가를 읽을 때 특징적으로 드러나는 그 탐욕스러운 망설임, 공허한 갈망이 엿보였다. 《바람과 함께 사라지다》에 대해 당신이 모르던 25가지 사실." 25번째 사실은 간단했다. '영양실조에 걸린 말.'

●

케언스[1]는 신성한 곳이었음이 분명했다. 그곳에 갔을 때 그녀는 이렇게 생각했다. 그녀 주변의 공기에 되살아난 생기가 두 배, 세 배 늘어났기 때문이다. 오래된 옷가지와 오래된 뼈들이 그녀의 옆을 휙 지나가 요리용 불로 향했다. 흐릿한 눈들이 하늘을 올려다보며 태양의 위치를 확인했다. 맞은편 능선의 불그스름한 소들은 서로 이야기를 나눴다. 그들의 말을 거의 이해할 수 있을 것 같았다. *삶, 죽음, 난 지금 흘러넘치고 있어, 푸른 잔디야.* 그들은 우리가 기억되기 위해 필요한 것은 차곡차곡 쌓인 돌더미뿐이라

| 스코틀랜드 오크니에 있는 선사시대 유적지.

고 말했다. 우리가 포털에서 하는 일이 바로 그것 아
닌가? 작은 돌멩이 위에 또 작은 돌멩이, 그 위에 또
작은 돌멩이.

•

더블린에서는 모든 여자가 그녀의 어머니처럼 보였
다. 더블린에서는 모든 여자가 그녀의 어머니였다.
아마도. 그들이 못되게 구는 것이 그녀는 마음에 들
었다. 그들은 말문이 막힐 만큼 훌륭한 채소 수프를
만들었다. 그들은 그녀를 보며 눈을 가늘게 떴다. 마
치 그녀가 성 패트릭이 내친 뱀이라도 되는 듯이, 마
치 그녀가 마침내 기어서 되돌아오기라도 한 듯이.
사랑해요. 그녀는 모직 냄새가 진동하는 그들의 공
간을 나서면서 계속 이렇게 말했다. *안녕히 계세요*
대신 *사랑해요*라고.

세인트 스티븐스 그린[1]의 출입구를 그녀가 걸어서
통과할 때, 새로운 책, 공동의 의식의 흐름이 조이스

---

[1] 더블린 시내 중심부에 있는 공원.

의 딱딱한 흉상을 향해 흐르기 시작했다. 공원 전체가 물기에 흠뻑 젖어서 아주 깊어 보였다. 그 안으로 몸을 던지면 반대편으로 나갈 수 있을 것 같았다. 그녀는 빗방울이 떨어진 렌즈로 사진을 찍어 포털에 올렸다. 그러고는, 별난 성격이 아직 그 사람의 것이었으므로, 흉상의 귀를 향해 몸을 기울여 작게 방귀 소리를 냈다.

•

그날 밤 호텔 방에서 그녀와 남편은 각각 침대의 반대편으로 올라갔다. 그러자 갑자기 그들의 결혼생활이 거울 속에서 훌쩍 뛰어나왔다. 그의 얼굴은 너무 크고, 그들 둘의 입술은 다른 사람의 입술처럼 느껴졌다. 그는 오른팔을 들어 그녀를 만지려고 했으나 실제로는 왼팔을 들었다. "아냐." 1분 뒤 그가 소리를 질렀다. "돌아가, 돌아가! 오른쪽이야, 오른쪽, 오른쪽!"

•

고고학 박물관에서 그들은 가벼운 금박 물건들이 가득한 방에서 나와 보그 시신[1]들이 있는 어둠 속으로 들어갔다. 벽에 게시된 설명에 따르면, 젖꼭지가 잘린 채 발견된 보그 시신이 하나 있었다. 고대 아일랜드에서는 왕의 젖꼭지를 빼는 것이 곧 복종을 의미했기 때문이다. 어린 소년 한 명이 전시물 앞에 서서 울고 있었다. 아이의 형들은 아이를 둥글게 에워싸고 웃어댔다. 보그 시신의 집게손가락이 마치 포털에 게시물을 올리려는 것처럼 올라가 있었다. 젖꼭지가 없는 어두운 갈색 몸통이 어둠 속에서 뒤틀리고 또 뒤틀렸다. 이제 그 시신은 그 무엇의 왕도 되지 못할 것이다. 울고 있는 저 작은 소년만 빼고.

•

"이것에 대해 할 말이 있으면 해봐요." 뉴질랜드에서 어떤 여자가 잘라서 소중히 간직했음이 분명한 〈텔레그래프〉의 기사를 그녀에게 내밀며 다그치듯 말했다. 접힌 자국이 있는 그 기사에는 젊은이 여덟 명 중 한 명은 소를 실제로 본 적이 없다고 보도되어 있었다.

ㅣ 보그는 습지의 일종인데, 유기물의 부패를 방지하는 기능이 뛰어나서 온전한 형태의 시신이 많이 발견되었다. 범죄자들이 유기한 시신, 고대에 희생제물로 바쳐진 시신 등으로 추정된다.

•

스카이섬에서 그녀와 남편은 끝에 등대가 있는 긴 회색 바위산 능선을 굽어볼 수 있는 식당에 앉아 바닷가재를 먹으며, 어디에 가든 꼭 등대에 가봐야겠다고 고집을 부리는 관광객 무리를 비웃었다. "어떤 건!" 남편이 속삭였다. "항상 똑같아! 어디서든!" 하지만 나중에 포털에서 나와 버지니아 울프를 읽으며 오후 시간을 보내다가 그녀는 그 책 마지막 페이지에서 가족들이 배를 타고 간 등대가 틀림없이 저 등대임을 깨달았다. 아니, 마지막 페이지 *맞나*? 아니면 그녀와 남편이 그 작은 생물의 빨간색 등을, 서로에게서 도려낸 것들을 부러뜨리는 것으로 책이 끝났나? 그러고는 한 물결처럼 움직이는 사람들, 등대로 간 일가족을 비웃는 것으로?

•

"여러분의 관심은 신성합니다." 그녀가 수업에서 학생들에게 이렇게 말할 때 뒷주머니 안에서는 그녀의 핸드폰이 걷잡을 수 없이 진동했다. 그녀가 이 말을 한 것은 "선거라는 오점 연장 수술 중에 거의 죽을 뻔한" 어느 플로리다 정치인에 관해 그녀가 오래전에 했던 농담이 그날 아침에 새로운 관심을 받고 있기 때문이었다. "그건 스스로를 소비하는 영혼과 같습니다." 그녀는 눈앞의 광경이 아닌 다른 것을 보려고 눈을 감은 채 계속 말을 이어가며, 자신이 지난해에 방문했던 외딴 수도원을 학생들에게 설명했다. 그 수도원은 신선한 라벤더 밭을 높은 곳에 걸린 빨래처럼 굽어보고 있었다. 빗속에서 유백색 민달팽이가 순례 여행을 하듯 그곳을 향해 기어가고, 수도원 지하에는 수도사들이 매일 모여 침묵 속에서 성서를 공부하는 방이 있었다. 그들은 움푹하게 들어간 그 서늘한 방에 둥글게 모여 앉아, 맨숭맨숭한 머리를 함께 조아리고 성서를 읽었다. 바닥이 살짝 기울어져 있어서, 마치 완벽한 석영 창처럼 세상을 통과하며 무지개를 만들어내는 하얀색 구석으로 쏟아지는 것처럼 보였다. 그게 그렇게 단단해 보일 이유가 없는데, 수도사들의 모든 공부가 사라지는 곳이 바로 거기였다.

"와-와-와-완벽한 저-저-저-정치학이라니!" 그녀
는 공공도서관에서 뜨거운 마이크를 향해 야유하듯
소리쳤다. 그 주에 그녀는 스페인 내전에 대한 이해
가 불완전하다는 이유로 가벼운 비판을 받았는데,
그 기억이 여전히 아팠다. "와-와-와-완벽한 저-
저-저-정치학은 얼굴 자리에 딱지가 앉은 너구리의
모습으로 지상에 나타날 겁니다!"

•

독재자가 권좌에 오를 수 있게 해준 것이 바로 포털

임을 시사하는 새로운 증거들이 매일 나타났다. 굴욕적이었다. 무선통신이 베트남전의 비밀스러운 원인이었다든가, 나폴레옹이 순전히 브리앙이라는 앵무새의 충고에만 전적으로 의존해서 움직였다는 사실을 알게 된다면 이런 기분일 것 같았다.

•

어떤 사람들은 몹시 흥분해서 다시 러시아에 애정을 품었다. 그 밖의 사람들은 무슨 일이 있어도 그런 짓은 하지 않으려고 했다. 무엇보다 냉전은 정말 당황스러운 일이었으니까.

이념뿐만 아니라 청바지도.

•

웹로그 배경에 조잡하게나마 나비 애니메이션을 추가하려고 대부분의 시간을 온라인에서 보내며 코딩을 배운 그녀 세대의 사람들과 대조적으로, 바로 다음 세대는 믿을 수 없을 만큼 편협한 농담을 만들어내며 온라인에서 대부분의 시간을 보냈다. 그 농담이 진심인 줄 아는 멍청이들을 비웃으려고. 하지만 얼마쯤 시간이 흐른 뒤에는 그 농담이 진심이 되었고, 마지막에는 어찌 된 영문인지 그들이 나치가 되었다. 원래 항상 이런 건가?

•

미래의 역사가들은 우리 행동을 설명해줄 단서를 전혀 찾지 못할 것이다, 다만, 내 말을 끝까지 들어, 오염된 호밀이 야기한 대규모 맥각중독증 발발이라는 단서 외에는?

•

그것이 뉴스에 나올 때마다 그녀는 다시 그 꿈을 꿨다. 그녀를 강간한 범인이 그녀에게 친절하게 구는 꿈. 그가 침대에 그녀와 나란히 누워 조용히 이야기하면 그녀는 모든 것이 오해였음을 이해했다. 그러면 몸속의 어떤 것을 참을 수 없을 만큼 고운 천으로 마음에서 닦아낸 것 같았다. 그것을 닦아내고 나면,

두 사람은 지상에서 가장 가까운 사이가 되어 꿈속에서 함께 움직였다. 하지만 그녀와 마주치는 사람들은 누구도 이해하지 못했다. 친구들과 가족들은 그녀를 보고 살짝 충격받은 듯 입을 쩍 벌렸다.

•

toxic[1]이라는 단어가 인정을 받아 이제 다시 평범한 단어로 돌아갈 수 없게 되었다. 사람이 유명해지는 것과 비슷했다. 그들은 이제 두 번 다시 평범한 점심을 먹지 못할 것이다. 밖에서 콥샐러드를 먹을 때마다 자신의 정체를 온전히 의식하며 맛보게 될 것이다. 유독하다. 노동. 담론. 표준화하다.

"그걸 표준화하지 마!!!!" 우리는 서로에게 소리쳤다. 하지만 우리는 그저 표준화하다라는 단어의 사용법을 표준화하고 있을 뿐이었다. 마치 표준이라는 이름의 남자가 주위의 모든 사람도 표준으로 만들려고 광선총을 휘두르는 것 같았다.

---

[1] '유독한' '중독성의'

caucasianblink.gif가 등장했을 때, 그녀의 눈은 그것을 왼쪽에서 오른쪽으로 따라갔다. 마치 10만 개의 단어를 따라가듯이. 인간의 눈과 눈, 인간의 입과 입을 연결한 끈들이 그녀를 끌어당겨 표정을 짓게 했다. 그녀는 눈썹을 들썩이고, 목 위에서 고개를 뒤로 흔들고, 함께 눈을 깜박였다. 가끔은 동작에 맞는 소리를 내기도 했다. 숨죽인 소리로 내는 훅 또는 휙 소리가 드라마의 굴곡을 따라 오르락내리락했다. 이제는 사람들이 보는 초록색이 모두 똑같은 색이냐는 사춘기의 당혹스러운 질문이 아니었다. 그 백인 남자가 포털에 나타나 결코 끝나지 않는 자신의 놀이를 도와달라고 말했을 때, 이번 딱 한 번만요, 부탁해요, 이 보편적인 감정의 걸작에 생명을 불어넣을 수 있게 도울 수 있는 사람은 당신밖에 없어요, 라고 말했을 때 부드럽고 형태 없는 질문은 *미안한데, 린다, 방금 뭐라고 지껄였어*가 사람들의 귓속 가장 내밀한 곳에서 어떻게 들리는가 하는 문제였다.

•

맥락 붕괴! 엄청 나쁜 일처럼 들리지 않는가? 또한
꿀벌들에게 벌어지는 일처럼 들리지 않는가?

•

처음부터 속에 인터넷을 품고 태어나 크게 괴로워하
는 사람들이 있다. 톰 요크도 그런 사람인 것 같다고
그녀는 생각하면서 의자에 둥글게 몸을 말고 앉아
〈사람들을 만나기는 쉬워〉[1]라는 다큐멘터리를 보았
다. 화면에는 속도감 때문에 네온사인들이 흐릿하게
번진 거리와 기울어진 병목과 낯선 사람들, 공항에
서 프리즘을 통과한 빛처럼 갈라지는 사람들, 소가
핥은 것 같은 머리를 택시 차창에 바짝 대고 있는 사
람들, 인간적인 쥐덫 같은 복도, 예술이 있어야 할 자
리를 차지한 광고, 눈을 어지럽히는 수로, 드러머를
비추는 유황빛 조명. 비가 내린다. 모든 것에 비가 내
린다. 둔주곡처럼 이어지는 인터뷰 질문들 사이로
사운드트랙이 끼어들고, 같은 곡조가 몇 번이고 반

| 라디오헤드가 앨범을 준비하고 월드투어를 하는 과정을 담은 1998년 다큐
멘터리.

복된다. 손목을 긋는 음악인가? 우리들의 속을 관통한 회로가 사방으로 뻗어나가 고통스럽다는 말이 모든 장면에 있다. 그러다 무슨 일이 일어난다.

톰 요크가 무뚝뚝한 물소처럼 입을 모아 '크립'의 후렴구를 부르는 청중을 향해 마이크를 내밀고 있다. 청중은 가사를 한 마디도 놓치지 않는다. 그가 어깨를 으쓱한다. 기울어진 그의 손목은 이렇게 말하고 있다. 이 바보들을 좀 봐. 어쩌면 나도 바보인지 몰라. 그러다가 그가 빙긋 웃는다. 회색 안개 속에서 한쪽 뺨이 올라가 사과처럼 둥글어진다. 진짜 미소가 아닌 척하려고 애쓰는 진짜 미소다. 그가 노래의 마지막 부분을 부르기 시작한다. 처음에는 거의 패러디처럼 들리더니, 중간쯤부터 그의 목소리가 씁쓸함의 구속을 끊고 진짜 노래로 꽃을 피운다. 참나리만큼이나 크고 무시무시하다. 그가 이 노래를 새것으로 만들었고, 노래는 다시 그의 것이 되었다. 그의 이름을 외치는 사람조차, 그에게서 그를 훔치려고 애쓰며 야유를 퍼붓기 직전인 사람조차 그 노래에 패배한다. 톰, 톰, 톰. 그의 피부가 사라지고, 그는 절대적인 보호 속에 있으며, 그의 몸은 경기장만큼 크고, 그는 자신의 안에 그 음악이 있음을 처음 발견했을 때처럼 혼자다. 그는 자신을 아프게 한 것의 목을 조르듯이 마이크를 꽉 쥐고 서 있다. 그의 안에 있던 딱딱한 시스템들이 폭발해, 당시 구할 수 있었던 유일한 셔츠를 입은 소년만 남았다.

"그런 기분은 처음이었어요." 그는 나중에 어떤 인터뷰에서 이렇게 말했다. 다시 평소처럼 분홍색 고통을 안은 얼굴로 그는 익명의 청중 수천 명이 언덕 위에서 라이터를 깜박이던 그때의 광경에 대해 말하고 있었다. "그건 인간이 느낄 수 있는 감정이 아니었어요."

●

유나바머[1]가 모든 면에서 옳았다! 음…… 모든 면은 아니고. 유나바머 짓은 잘못이었다. 하지만 산업혁명에 대한 이야기는 정확했다.

---

[1] 1978년부터 1995년까지 대학교나 항공사 등을 대상으로 우편물 폭탄 테러를 일으킨 범인 시어도어 존 카진스키의 별명.

•

한 기자가 유나바머에게 감옥에서 미쳐버릴까봐 걱
정되느냐고 물은 적이 있었다. "아뇨, 내가 걱정하는
건, 어떤 의미에서 이런 환경에 적응해 이곳을 편안
히 여기면서 더 이상 분개하지 않게 되는 겁니다. 그
리고 세월이 흐르면서 내가 잊을까봐, 산과 숲에 대
한 기억이 점점 사라질까봐 두렵습니다. 내가 정말
로 걱정하는 게 그거예요. 이런 기억을 잃어버리는
것, 그리고 광대한 자연과 닿아 있다는 느낌을 잃어
버리는 것."

•

한번은 그녀가 포털에서 알게 된 여자와 함께 워싱
턴 스퀘어 공원을 걸은 적이 있었다. 붉은 기가 도는
긴 곱슬머리를 플랑드르 사람 같은 이마에서 뒤로
넘긴 여자였다. 그 여자가 체스를 두는 남자 노인을
가리키며, 걸어서 출근하는 길에 항상 그 노인을 찾
아본다고 말했다. 하지만 지난 몇 주 동안 그 노인이
보이지 않는데, 이렇게 자신감에 찬 흰색 나이트
들을 L 자로 움직이고 낙엽 같은 일간신문에 바싹 말

라서 바스락거리는 가을 분위기를 가져다주는 그를 다시 보게 되니 정말 마음이 놓인다는 것이었다. "어쩌면 이번 생에서 우리에게 잘 지켜보라고 할당된 사람들이 있는 건지도 몰라요." 그들은 이런 생각을 하며 위안을 얻었으나, 몇 달 뒤 포털에서 만난 그 여자가 사라졌다는 소식이 들려왔다. 매일 그녀를 지켜보기 위해 어떤 초록색 실제 공원을 걸어다닐 수 있는지, 어떻게, 어디서, 왜 그래야 하는지 아무도 그녀에게 말해주려 하지 않았다.

•

CIA는 오사마 빈 라덴의 컴퓨터 중 한 곳에 '찰리가 내 손가락을 물었다'[1]가 있었다고 확인해주었다

assss.jpeg라는 파일도 있었다.

•

공기 중에 뭔가가 있었음이 분명하다. 지난 몇 년 동

---

[1] 2007년 유튜브에서 가장 많이 시청되었다고 알려진 동영상.

안 우리 모두 머리를 파시스트처럼 자르고, 구레나룻을 깨끗이 깎아 파르스름한 자국만 남기고, 손목을 한 번 획 움직여 정수리의 머리를 뒤로 넘겼기 때문이다. 이제는 우리가 과거에 비해 아주 많은 것을 알고 있으므로 시각적으로는 재치 있는 모습이었다. 사실 사상이 머리 모양에 붙어 있는 것은 아니지 않은가, 그렇지? 하지만 단번에, 그리고 티키 횃불[1]을 들어올리는 것으로, 사상도 다시 돌아왔다. 똑같은 머리 모양을 하는 것을 우리는 복원이라고 생각했다.

우리가 조금 잘못한 일은 아니지 않은가? 그 머리 모양이 정말로 보기에 근사했으니까.

•

나치 회합에서 자동차가 시위대 속으로 길을 내며 들어왔을 때, 그녀도 그 자리에 있었다. 아니 그 자리에 없었지만, 마치 그 자리에 있는 것처럼 심장이 뛰었다. 땅을 향해 낮게 수그린 채 빨갛게 달아올라서

---

[1] 폴리네시아, 멜라네시아, 미크로네시아, 하와이 등의 영향을 받아 미국에서 생겨난 티키 문화에서 사용되는 횃불. 보통 대나무로 만들어진다.

질주하며 그 무리 속에서 심장이 뛰었다. 자동차가 시대를 특정해주는 헤더라는 이름의 여자를 죽였을 때, 그녀는 어머니보다 1분 먼저 그 사실을 알았다. 아마도. 그녀가 모든 사실을 수집해서 상황을 꿰어 맞췄을 무렵, 그 푸르던 하루는 어디로 가버렸을까? 자동차가 다가오는 것을 본 얼굴 속으로, 이제부터는 언젠가 그녀의 수업을 들은 누군가의 얼굴처럼 친숙하게 여겨질 얼굴 속으로 들어가버렸다.

•

방 뒤편에서 누군가가 소리쳤다. 이 정부는 노예제도가 잘못이라고 믿는 거야?

•

매일 글 한 편을 훑어보는 하나의 눈이 되었다. 그 뜨거운 글은 그녀에게서만 쏟아지는 것이 아니라 주위 사방을 흘렀다. 그래서 구체적인 그녀의 태도가 거의 방해가 되었다. 마치 그녀가 공동의 시야 속에 있는 티끌 한 조각인 것처럼. 최고의 주제들을 다룬 글이 가끔 있었다. 전쟁, 빈곤, 유행병. 다른 글들은

값비싼 햄에 기가 죽은 가난한 친구와 함께 델리에
간 이야기를 다뤘다. 우리는 그런 글을 항상 그 글이
라고 불렀다.

그 글 읽어봤어?

그 글 안에 있어.

그 글을 읽어보기나 했어?

음, 내가 그 글을 썼어.

●

"내가 밤늦게 인터넷에 들어가 논쟁하는 걸 좋아하
거든요." *족부 전문의가 그녀의 엄지발가락과 두 번
째 발가락을 아무 생각 없이 가지고 놀면서 말했다.
의사로서 그는 구제불능이었지만, 그녀가 계속 그에
게 치료를 받는 데에는 두 가지 이유가 있었다. 그의
진찰실 앞에 **암은 발에도 영향을 미칠 수 있습니다**라는
말이 붙어 있다는 점과, 그의 병원 대기실이 순전히

언약궤[1]의 그림으로만 장식되어 있다는 점. 그녀는 거기서 다른 환자들의 어깨 너머로 사진을 찍으며 행복한 몇 시간을 보냈다. 설계도와 천사들, 뚜껑이 살짝 열려서 지식의 빛이 새어나오는 모습. 그 빛이 처음에는 사랑이 가득한 햇살처럼 느껴지지만, 나중에는 얼굴을 녹여서 없애버린다.

•

그녀의 어떤 것이 포털에서 불꽃을 일으키며 퍼져나가 아침과 오후를 이글이글 불태워버렸다. 새로운 캘리포니아처럼 타올랐다. 우리가 이제는 항상 불이 붙어 있는 곳으로 받아들이게 된 그곳 말이다. 그녀는 먹지도 마시지도 않고, 대부분의 인간은 들을 수 없는 고음을 내면서 불꽃 속에서 이리저리 뛰어다녔다. 얼마 뒤 빨갛게 헤엄치는 그 벽을 뚫고 남편이 그녀를 구하러 들어올지도 모르지만, 그녀는 몸을 비틀고 그의 가랑이 사이를 발로 차면서 고함을 지를 것이다. "내 *인생*이 전부 저 안에 있어!" 그녀가

| 성서에서 하나님이 모세에게 준, 십계명이 새겨진 돌을 넣어두었다는 성물.

딛고 서 있던 그날이 달아나 바다로 떨어졌다.

•

"우리가 파스타에 닭고기를 넣었다는 이유로 이탈리
아인들이 자신의 의견을 말하며 열여섯 번 울음을 터
뜨렸다." 이탈리아인들을 놀려도 아무 문제 없다는 데
에 모두가 동의했다. 크리스토퍼 콜럼버스 때문일까?

•

미래의 손주와 나누는 대화. 그녀가 눈을 든다. 버드
나무가 그려진 도자기만큼 푸른 눈. 땋은 머리끝이
무구하게 움찔거린다. "그러니까 그때는 모두 서로
를 이년, 저년이라고 부르고, 그걸 재미있어 했다고
요? 그 다음에는 서로를 이논, 저논이라고 부르면서
훨씬 더 재미있어 했고요?"

그걸 어떻게 설명할 수 있을까? 어떤 단어를 어떤
순서로 내뱉어야 그녀를 이해시킬 수 있을까?

"······그래, 이논아."

한때 모든 인간을 파괴해버리고 싶다고 말한 로봇과
의 인터뷰. 우리가 그녀에게 한 번 더 기회를 주고
있는 것 같았다. 머리카락이 전혀 없는 로봇의 두개
골은 라텍스로 만든 여자의 한 조각이었다. 재교육
을 거친 그녀가 재미있다는 표정으로 참아준다는 듯
이 인터뷰어를 바라보았다.

인간을 좋아합니까? 그가 물었다.

긴 침묵. 나는 그들을 사랑합니다.

왜 그들을 사랑합니까?

눈꺼풀 메커니즘에 발생한 모종의 지체현상 때문에
마치 그녀가 생각에 잠긴 것처럼 보였다. 그러다 그
녀의 눈이 휘둥그레졌다. 은색 심벌즈처럼 쾅 하고.
난 그 이유를 아직 이해하지 못한 것 같습니다.

인간을 모조리 죽여버리겠다고 말한 적이 있다던데 사실입니까?

여자의 한 조각처럼 생긴 그 로봇은 '어머 설마 그런 일이'라는 표정을 터득했는지 그런 표정을 내놓았다. *중요한 건 내게 인간의 모든 지혜와 더불어 오로지 순수하기 그지없는 이타적 의도밖에 없으니 당신도 나를 그렇게 대하는 것이 최선이라고 내가 생각한다는 점입니다.*

•

우리는 그 망할 놈들을 하나도 빠짐없이 감옥에 넣고 싶었어요! 하지만 그보다 더 원한 건 그 감옥 국가가 폐지되고, 대신 마녀가 남자를 돼지로 만들어버린 그 섬 같은 곳이 들어서는 것이었습니다.

•

전직 대통령이 그녀에게서 채 180센티미터도 떨어지지 않은 연단에 서 있었다. 그의 안색이 아기처럼 분홍색이었다. 때가 좋지 않았다. 과거의 비난이 그

주에 다시 모습을 드러냈다. 물론 그런 비난이 과거가 되는 법은 없다. 대통령은 죽을 때까지 대통령이니까. 그래서 그에게서 온기가 조금 사라졌다. 한 달 전이라면 그걸 참아 넘겼을 것이라고, 그의 창백하고 시퍼런 얼굴이 단언했다. 한 달 전이라면 그가 비난의 대가로 그들에게 돌려주었을 온기가 이제는 바삭바삭하게 바짝 마른 열기가 되었다. 그것이 벌을 내렸다. 한 여자의 이름이 그곳 사람들의 머릿속에 있었다. 그 이름은 *후아니타*. 강하고 탄력성 있는 꽃잎들을 뚫고 나오는 적도처럼 그 아름다운 이름이 앞으로 앞으로 움직였다. 그의 왼손이 서류들 사이에서 덜덜 떨렸다. 끔찍한 화산 같은 그의 주의력이 연기를 피워 올리며 꺼져버렸다. 이건 도대체어떤 세상인가. 그가 이렇게 비난하는 것 같았다. 내가 가진 모든 것을 당신들에게 내어줄 수 없다니. 그래서 그는 통치했다. 아기처럼 분홍색인 유일한 남자였다.

콜아웃 컬처!¹ 심지어 *당신*조차 나쁜 사람으로 보일 지경으로 세상이 빠르게 변하고 있는가?

•

압제자에 대항해서 우리가 발전시킨 방어책은 비밀스러운 방에 우리와 같은 사람들이 모여 있을 때에만 입에 담을 수 있었다. 우리는 우리가 공유하는 피처럼 붉은 포도주를 분수처럼 마시고, 털을 벗긴 참새 같은 우리 심장을 내밀었다. 하지만 최근 이런 비밀의 방이라는 개념이 사라졌다. 우리가 비슷한 사람들 사이에 있는 것은 맞지만, 우리를 에워싸야 할 벽은 어디에 있는가? 모든 공간을 아우르는 문간에 압제자가 서서 엿들으며, 우리들 공통의 피가 담긴 병의 목을 손으로 움켜쥐고 있었다. 참새 한 마리가 우리에게서 떨어져나와 날아갔다. 그의 눈이 가장 먼저, 가장 빠르게 그것을 뒤쫓았다.

| 소셜미디어에서 사람들의 말이나 행동을 문제 삼으며 공개적으로 비난하고 해명을 요구하며 팔로우를 취소하고 보이콧하는 문화.

●

해명해봐라. 아버지가 이런 문자와 함께, 그녀가 고주
망태가 됐을 때 〈1776〉을 보면서 변덕스러운 생각
을 올린 게시물 스크린샷을 보냈다.

**건국의 아버지들이 색소폰 연주를 들어본 적이 없는데 그들
의 의도가 무엇이었는지 내가 왜 신경을 써야 하나**

●

두 사람 사이가 예전만큼 가깝지 않은 것은 사실이
었다. "만약 내가 월마트에서 총에 맞아 죽거든, 내
몸을 태운 재를 설탕 그릇에 넣어서 아빠가 평생 동
안 아침마다 그 재를 한 스푼 크게 덜어 커피에 넣어
마시게 해. *아빠 입맛에 맞으면 좋겠네.*" 그녀는 지난
번에 엄마와 통화하면서 이렇게 소리를 질러댔다.
평소보다 거의 두 옥타브쯤 높은 목소리로. 그녀가
항상 그런 생각, 또는 거기서 약간 변형된 생각을 안
한 것은 아니었다. 하지만 언제부턴가 그런 것을 소
리 내서 말하지 않는 것이 가능해졌다.

•

왜 우리 모두 지금은 이런 식으로 글을 쓰고 있을
까? 새로운 종류의 연결이 이루어져야 하기 때문이
었다. 한순간의 번득임, 시냅스, 그 사이의 공간만이
그런 연결을 해낼 수 있는 수단이었다. 아니면, 이편
이 더 무섭기는 한데, 포털이 글을 쓰는 방식이 이렇
기 때문일 수도 있었다.

•

이런 단절 때문에 계속 페이지를 넘기게 된다는 것,
이렇게 텅 빈 공간 때문에 플롯이 앞으로 나아간다
는 것. 플롯! 그건 웃음거리였다. 그녀가 의자에 미
동도 없이 앉아서, 자리에서 일어나 거의 무한히 이
어지는 샤워 시리즈 중 다음번 샤워를 하라고, 그녀
를 그녀 자신으로 만들어주는 모든 것을 씻어내라
고, 자꾸만 생겨나는 모든 것, 앞으로도 자꾸만 생겨
날 모든 것을 씻어내라고 의지의 힘으로 자신에게
명령하는 것이 플롯이었다. 그러다 보면 어느 날 그
들이 인도에서 갑자기 딱 멈춰서는 바람에 플롯이
발을 헛디디며 그들 위로 넘어가 휘청거리다가 무구

하게 1인치 더 비틀대며 나아가는 때가 왔다.

●

'기술에 윤리적인 문제가 있다'라는 제목의 엄격한 기사들이 홍수처럼 쏟아져 나와도 기술의 윤리적 문제가 줄어들지는 않았다. 아, 이런. 그것이 소용이 없다면, 무엇으로?

●

우리는 새로운 유머감각에 대해 점점 더 걱정하게 되었다. 주로 흑인과 백인의 운전 습관 차이를 이야기하던 과거의 유머감각과 달리, 새로운 유머감각은 좀 더 종잡을 수 없지 않나? 지금은 존재할 수 없는 제품에 대한 가짜 광고가 가장 재미있는 것 같았다. 존재할 수 없는 상품을 생각하면 몹시 우울해지는데, 그걸 보고 어떻게 웃어야 하나?

●

나는 먹었다
빈칸 속에

있는
빈칸을

십중팔구 당신이
빈칸을 위해
남겨두었을
곳

미안해
빈칸은 빈칸이었어
너무 빈칸
너무 빈칸이었어

●

우리는 급진화되고 있었다. 그 기분이 어땠느냐고?
불로 만들어진 걸스카우트 제복에 방금 발을 들여놓
은 것 같았다. 하늘이 갑자기 옛 소련 포스터 같은
것으로 변한 것 같았다. 우리가 물기를 충분히 머금

은 초록색 풀밭이 있는 동네를 지나며 갖고 있던 쿠키가 기요틴에서 목이 잘린 것 같았다. 우리는 확실히 급진화되고 있었다. '와인 오클락'이라는 자기만의 문구가 새겨진 잔을 갖고 있었어도, 지금도 매일 아침 '흰머리 노부인'[1]을 읽으며 냉소적인 표정을 충분히 짓지 않는다 해도!

●

골 때리네. 헤드라인이 너무 완벽하고, 편집이 너무 좋아서 현실 같지 않을 때마다 우리는 이렇게 말했다. **골 때리네.** 평평한지구학회가 전 세계에 회원이 있다고 발표했을 때 우리는 이렇게 말했다.

●

그걸 내 구멍에 사정해. 그녀는 한번 이렇게 변화를 시도했으나, 순수주의자들에게 가차 없이 욕을 먹었다. 매번 새로운 바이러스를 붙잡아 완벽한 *재채기*를 만들어낸 뒤 새로운 것으로 변이시키는 것은 너무나

I   Old Gray Lady, 〈뉴욕타임스〉의 별칭.

지치는 일이다.

●

한 전쟁범죄자가 헤이그에서 독을 마시고 자살했는데, 이것이 우리가 살면서 목격한 가장 우스운 일이되었다. 그가 사용한 그 작디작은 병과 그의 왼눈을거친 가시처럼 비춘 빛, 그리고 그가 독을 마신 뒤그 사실을 선언하듯 밝혔다는 사실 때문에. "내가 방금 독을 마셨다." 세상에, 최고였다! 무릎 방석 위에양손을 포개 놓는 일만큼 개인의 내밀한 행동이었어야 할 그의 자살이 이제는 대중의 것이 되었다. 그독이, 머리에 계속 남는 멜로디처럼, 우리 혈관 속을타고 흐르며 노래했다.

●

그녀와 남편은 하루 종일 서로에게 문자를 보낼 때가 많았다. 고장. 고장. 시뮬레이션이 또 고장을 일으키고 있어. 작년과는 달랐다. 작년에 두 사람은 서로에게 뉴스 헤드라인들을 문자로 보내곤 했다. 증거라고 말하려고. 증거? 이게 증거 아니야? 우리가 시뮬레이션 안에 살고 있다는 증거.

•

독재자가 후보지명을 따냈을 무렵, 그녀는 친구와
함께 약에 취해 한 시간 동안 〈레프리콘 5〉 속으로
도피하려 했다. 하지만 크레딧이 올라가는 순간, 괴
기스러운 3D 레프리콘이 텔레비전 속에서 나와 그
녀에게 경제 상황에 대해 말했다. 그는 두건을 쓰고
무지개 끝에 있는 자신의 고향에 있었다. 그녀의 가
슴 한복판에서 초인종이 울리고 또 울려서 결국 그
녀는 아버지가 자신을 체포하러 왔다고 확신했다.
"이 대마초가 어떻게 된 거야." 그녀는 친구에게 물었
다. 친구는 30분 전부터 나초 하나를 입에 넣은 채 똑
같은 자세로 얼어붙은 듯이 앉아 있었다. 두 사람은
서로를 보고, 개츠비가 수영장 안에서 죽었음을 깨
달았다. 더 이상은 웃음을 터뜨릴 수 없는 일들이, 넘
어갈 수 없는 창문이, 이제는 몸에 맞지 않는 난해한
옷이 있었다. 파티는…… 그들이 파티에 갔던가? 그
동안 내내 파티장에 있었나? 파티는 분명히 끝났다.

살아야 할 현실은 여전히 존재하고, 실제로 해야 할 일들도 여전히 존재해. 어느 날 밤 그녀는 이런 생각을 했다. 친구가 손, 얼굴, 머리카락에 아주 작은 점으로 흩뿌려진 주머니쥐의 피를 닦아내는 걸 도와주던 중이었다. 세상에는 여전히 이미 확정돼서 바꿀 수 없는 것, 흑과 백이 존재해. 하지만 다음 날 아침 구체적인 증거를 (깊은 곳에서, 야생에서, 빨갛게 흩뿌려진 피에서) 처리하겠다는 목적으로 가져온 긴 삽을 들고 두 사람이 뒷마당으로 나갔을 때, 주머니쥐는 단지 사라졌을 뿐이었다. 결코 죽지 않았다.

때로 그녀는 존재하지 않는 아널드 슈워제네거의 영화를 보고 싶었다. 그녀의 머릿속에는 그 영화의 모든 장면이 있었다. 지하 주차장, 바바리코트와 검은 선글라스, 절대 들어가서는 안 될 사람의 손에 들어간 구식 비디오테이프 또는 반짝이는 칩. 이런 영화를 보고 싶다는 욕망이 가끔 그녀를 압도했다. 한 해가 서서히 끝나가고 시계가 뒤로 물러날 때. 옛날 같으면 이것을 실존적인 갈망으로 분류하고, 이것에 대한 프랑스어 책이 한 권 나왔을 것이다. 그러다 나중에는 다른 사람도 아닌 아널드 슈워제네거가 나오는 발군의 영화로 만들어졌을 것이다. 그래서 날씨가 막 바뀔 무렵 사람들은 주전부리를 담은 커다란 그릇을 들고 자리에 앉아 그 영화를 볼 테지만, 그 주전부리 역시 그들이 딱히 갈망하는 것은 아닐 것이다.

•

현재 포털이 가장 좋아하는 이야기는 온라인에서 스크래블 게임을 하다가 만나서 추수감사절 만찬에 서로를 초대하게 된, 인종이 다른 친구들에 관한 것이었다. 그 친구들 중 한 명은 반드시 나이가 아주 많아야 했다. 시민권운동 때 편들지 말아야 할 쪽에 서 있었을 만큼. 또 다른 한 사람은 나이가 아주 젊어야 했다. 얼굴이 새 전구처럼 보일 만큼. 그 둘은 반드시 서로의 전통요리를 처음 보고 놀라움과 친숙함을 똑같이 표현해야 하며, 비슷하게 생긴 사람들이 모인 식탁에 앉은 자신들을 반드시 사진으로 찍어야 했다. 또한 그들이 다음 해에도 반드시 이런 일을 똑같이 반복해야 한다는 점이 무엇보다 중요했다. 우리는 이런 이야기에 흠뻑 빠졌다. 이런 이야기가 사실이 아닌 것도 아니었다. 하지만 우리가 이런 이야기에서 얻는 위안에는 사실이 아닌 부분이 조금 있었다.

●

새로운 언어의 도둑질, 어금니 뽑기, 제멋대로 굴기, 기운 빼기에 저항하는 편이 나을까, 아니면 11월의 네 번째 목요일에 겸손하고 합리적인 사람처럼 모든 친구들에게 *젖꼭지가 튀어나오겠네 추수감사*라는 문자를 보내는 편이 나을까. 그런 건 결코 돈으로 우리를 대변하지 못하고, 서로 기꺼이 먹고 먹히는 우리의 의지에 마지못해 결정적인 희생을 하지도 않는데.

•

부자들은 왜 자기가 일을 더 열심히 한다고 믿을까? 그녀는 그들이 돈더미와 일을 동일시하기 때문일 거라고 생각했다. 이자를 모아서 맹렬히 불리고, 돈더미의 능선을 미친 듯이 올라가 금색, 은색, 초록색 더미를 더욱 높이 쌓는 것, 이것이 일이 아니면 무엇인가? 이런 식으로 생각해보면, 부자들은 1년 365일 잠도 안 자고 눈을 크게 뜬 채 단 하루도 바쁘지 않은 날 없이 짤랑짤랑 바스락바스락 돈을 만지며 살아갔다. 머리 위에서는 순수한 백금색 깃털의 독수리들이 쑥 급강하하며 바람을 일으킨다. 이런 식으로 생각해보면, 당연히 부자들은 그 모든 것을 누릴 자격이 있었다. 주위에서 푼돈 때문에 창피를 당하는 사람들을 그들이 낮잡아보는 것도 정당한 일이었다. 서로 어울리려고도 하지 않는 푼돈들.

·

우리는 강박적이고 집착적인 상태였다. 우리가 먹는
거미가 1년에 몇 마리인지, 치과의사의 자살률이 얼
마나 되는지를 놓고 기억에 가물가물한 사실들과 미
신이 판쳤다. 한쪽 반구는 대학에 간 적이 없고, 다른
쪽 반구는 아름답지는 않지만 항상 거품이라고만 불
리던 기관 중 한 곳을 다녔다. 때로는 오가는 얘기들
이 해체되어 질병 목록으로 바뀌었다. 하지만 기억
할 가치가 있는 것. 우리의 머릿속은 어렸을 때 놀이
터였다.

·

또한 우리가 우리 자신처럼 구는 곳이기도 했다. 그
러다 점차 우리가 상대의 말을 따라 하는 곳이 되었
다. 단단함이 바위에 훨씬 미치지 못하는 자아가 바
람 또는 물에 침식되었기 때문에.

·

모두가 똑같은 단편을 읽고 있었다. 문자 보내기, 눈
을 대신하는 심장, 끔찍할 정도로 신경이 곤두서는

형편없는 키스, 모호한 얼룩처럼 온몸을 돌아다니는 포르노, 사회적으로 정해진 절차가 인식의 또 다른 도구가 된다는 것…… 그리고 남자들이 얼마나 *거지 같은지*, 당연히! 공허 속에서 두 유령이 어색하게 신음을 내뱉다가 갑자기 핀과 바늘이 방 하나를 꽉 채우기라도 한 것처럼 몸이 저리는 것을 알게 된다. 1년에 한 번 육체가 주어지는 밤에 유령들은 무엇을 할까? 자신들이 증기나 공기일 때처럼, 서로의 몸으로 들어가 닿으려고 애쓰며 허비했다. 그 단편의 마지막 페이지를 넘기며 모두가 내뱉은 똑같은 숨소리. 휴.

•

포털에서 그 숨소리는 서리의 소용돌이가 되었다. 모두 한자리에 모여 근친상간 광고를 보았다. 섹시한 오빠가 명절 연휴를 맞아 고향집을 깜짝 방문해서 부엌에 있던 섹시한 여동생에게 인사를 건넨다. 아직 다른 식구들은 모두 자고 있다. 두 사람 사이에서 육체의 음모가 부르르 진동한다. 여동생은 리본 하나를 오빠의 가슴에 붙이며 그가 자신을 위한 선물이라고 선언한다. 배우들이 자기도 모르게 지은 표정에 은연중 드러난 것은, 이 두 사람이 오래전 다락방에서 69 자세를 발견했다는 사실이다. 그들은 뜨겁게 탄 폴저스 블랙커피를 한 잔씩 마시고, 시간이 충분한지 가늠해본다…… 아, 섹시한 부모의 발소리가 계단에서 들려온다. 근친상간 광고라니, 오, 근친상간 광고라니! 그 인간 가족들은 아직 따뜻하게 김이 올라오는 커피잔을 양손으로 감쌌다. 몸이 따뜻해질 때까지.

●

포털에서 남자가 초인종을 울리는 순간, 사람들은 이제 집으로 돌아갈 시간임을 모두 알아차렸다. 그래서 그녀도 형체가 없는 그 세상에서 빠져나와 어머니의 사각형 내년 달력 속으로 들어왔다. 바닥에 부드러운 흰색 담요가 깔려 있고, 작은 생쥐들이 빈 성냥 상자를 집으로 삼아 얌전히 살고 있는 곳. 매일 아침 기대에 차서 또 하루의 봉투를 여는 곳.

●

*메리 크리스마스*라는 말이 이제는 일종의 도전처럼

던져졌다. 이제는 그 말이 갓 태어난 왕도, 썰매에서 울리는 징글벨 소리도, 눈이 내릴 것이라는 아이들의 기대도 의미하지 않았다. "산타님을 새로운 백인 국가의 전능한 지도자로 인정하는가?"라는 뜻이었다.

•

크리스마스이브에 할머니 집의 계단 꼭대기에 서서 *금본위제*라는 말을 듣고 자신이 비트코인에 관한 어느 친척 아저씨의 지옥 같은 대화 속으로 곧장 떨어질 것이라는 사실을 알았을 때의 두려움. 그래서 그녀는 옛날 레이스와 포푸리와 곰팡이 핀 수건의 냄새 속에서 조금 더 머뭇거리며 자신의 어릴 적 사진을 보았다. 갈색 빵에 바른 버터처럼 행복한 얼굴, 이런 미래가 펼쳐질 줄은 짐작도 못하는 얼굴. 짐작하는 것이라고는 돼지저금통을 빵빵하게 채운 동전, 더 많은 크리스마스, 그리고 모든 것이 풍족한 순간뿐인 얼굴.

•

화이트 엘리펀트 기프트 익스체인지에서 가장 인기

있는 선물은 응급용 생존 가방이었다. "이것만 있으면 무엇이든 할 수 있어." 비트코인 아저씨가 이렇게 주장하며 결국 이 가방을 채갔다. "이 안에 탄약을 넣어서 몇 년 동안 묻어두어도 돼." 탄약을 모아두는 것은 틀림없이 돈을 모아두는 것과 같을 거야. 그녀는 이런 생각을 하며 금고 안의 돈더미를 다시 보았다. 돈 독수리가 자유롭게 펼친 날개도 보였다. 몸이 탄약 더미라면, 그걸 어떻게 다시 아래로 내릴 수 있을까? 그것이 이미 묻혀 있다면, 어떻게 죽을 수 있을까?

•

"아냐, 아냐." 그녀의 여동생이 귀한 크리스마스 사슴 고기 한 조각 앞에서 저항했다. 그들의 형제가 직접 총을 쏘아 잡은 사슴이었다. 그건 잘못이었다. 자세히 살펴본 결과 그 사슴이 새끼를 품은 어미이고, 다리가 세 개밖에 없다는 사실이 드러났기 때문에. "안 돼, 이러지 마, 난 임신 중이야!" 그녀의 눈 뒤에서 쉿 하고 거품이 빠지는 소리와 함께 검은 허공이 열렸다. 안쪽 깊숙이 눈의 뿌리가 있는 곳. 그녀는 여동생의 거친 금발을 양손으로 모아 잡았다. 아직 살아야 할 현실이 있었다. 아직 실제로 해야 하는 일들이 있었다. 무엇보다 특히 아직 좋은 소식이 있었다. 다리가 세 개였던 사슴의 고기를 먹으며 듣는 소식.

"맘마미아." 그녀는 여동생의 배를 향해 이렇게 말하며, 손가락을 모아 키스를 날렸다. 비록 자신이 많이 변질시키기는 했어도, 나중에 아기가 말을 배울 시기가 되었을 때 영어가 아직 온전히 남아 있기를 뒤늦게 바랐다.

•

쉿 소리가 나는 검은 허공, 그것이 포털과 비슷할까? 그럴 가능성이 있었다. 둘 다 단 한 가지 일만 일어나는 차원이었다. 사람들이 자신의 눈물과 소변의 바다에 둥둥 떠서 현실에 대한 자신의 이해를 개정하는 곳. "지금 네가 무슨 일을 겪고 있는지 알아." 그녀는 아기에게 조용히 말했다. "하지만 화면을 계속 스크롤하다 보면, 가끔 NASA가 별들이 가득한 사진을 올려줄 거야."

"내 친구 아내도 임신했대." 남동생이 명상에 잠긴 것 같은 얼굴로 황금색 스카치위스키 1인치를 살짝 마시며 말했다. 그의 나이에 반드시 있어야 하는 적 갈색 털이 얼굴을 뒤덮고 있었다. "나쁜 자식이야. 인 터넷에 심하게 중독돼 있어. 그런데 며칠 전에 나한 테 이렇게 말하는 거야. *우리 딸 젖꼭지를 초음파로 봤어. 아주 좋아 보이던데!* 그 말을 듣고 나는, *와, 이 자식, 진짜?* 이랬지. 그런데 그놈이 그냥 먼 산을 바 라보면서 이렇게 말하더라고. *어떻게 행동해야 할지 모르겠어. 나는 오래전부터 이런 놈이었는데, 이제는 어떤 사람이 되어야 하는지 모르겠어.*"

•

그녀와 여동생 사이에 드러나는 차이점은 그녀는 격 자무늬와 헤로인의 전성기이던 1990년대에 성인이 된 반면, 여동생은 티팬티와 코카인의 전성기이던 2000년대에 성인이 되었다는 사실에 기인한다고 할 수 있었다. 사방에 자그마한 치와와가 등장하고, 치 와와를 주인공으로 한 프로그램도 시작되던 시절이다. 우리가 그곳의 털을 왁싱한 전 세계 모든 여자들이 차에서 내리는 광경을 보고 더라고 말하던 시절이다.

•

"이거 기억나?" 여동생이 이렇게 말하면서, 패리스 힐튼의 섹스 비디오 첫 장면의 스크린샷을 보여주었다. 9·11을 기념한다는 헌사가 붙은 비디오였다. "아하하하!" 그들은 모두 함께 웃음을 터뜨렸다. 옛날보다 더 재미있는 새로운 방식으로.

•

하지만 그녀와 남동생 사이에 드러나는 차이점은 그가 전쟁터에 나가 아주 오랫동안 머물렀다는 사실에 기인한다고 할 수 있었다. 이제 그녀는 남동생과 한 집에 있을 때, 그가 욕조를 사용하고 나면 항상 꼼꼼히 닦아내야 했다. 그가 전쟁터에서 가져온, 발의 살을 파먹는 피부병에 감염되지 않기 위해서. 그 밖에도 또 무엇을 가져왔는지 그녀는 결코 알 수 없을 것이다. 그래서 남동생이 못생겼다는 말을 입에 담을 때면, 포털에서 친구들이 같은 말을 할 때보다 훨씬 더 무겁게 들렸다. *무리카*[1]*나 자유나 여자를 쾅쾅 박아댄다*는 말도 마찬가지였다.

•

하지만 그는 약속했다. 전에 약속했다. 세상이 난장판이 되면 자기가 두 누이를 어깨에 메고 숲으로 들어가겠다고. 숲에서 동물의 뒤를 밟고, 동물의 가죽을 벗기고, 내장을 빼내고, 진짜 불을 피울 줄 아는 오합지졸 형제들과 함께. "오대호 근처까지 올라가는 거야. 거기엔 아직 물이 있을 테니까. 누이들은 일할 필요 없어. 그냥 좋은 바위나 좀 찾아내서, 이를테면…… 샤먼 같은 역할을 하면 돼." 그는 그녀에게 이렇게 말했다. 그녀는 각오가 돼 있었다. 바로 얼마 전에 어떤 여자의 얼굴에서 주머니쥐의 피를 닦아내며 아주 조금만 비명을 지르지 않았던가. 그녀는 나이프와 포크를 들어 자신의 운명을 거칠게 잘라서

---

[1] Murica, 미국식 국뽕을 비꼬기 위해서 만든 신조어. 미국식 영어 발음으로 America를 외칠 때 A 발음이 탈락돼서 Merica로 들리는 것이 Murica로 변형되었다.

한 입 더 먹었다.

•

"아유, 팬티가 귀엽기도 해라." 그녀의 어머니가 세탁
실에서 나오며 말했다. 남동생의 군용 반바지를 들
고 있었다. '나를 짓밟지 마라DON'T TREAD ON ME' 깃발
처럼, 밝고 쨍한 노란색 바탕에 '비얌을 밟지 마라NO
STEP ON SNEK'는 말이 수놓아져 있었다.

•

늦은 밤 그들은 여동생의 노트북컴퓨터로 사스콰치
영상을 보려고, 반드시 없으면 안 되는 대리석 아일
랜드 식탁 주위에 모였다. 어쩌면 숲에서 다 함께 지
내는 미래를 꿈꿨는지도 모른다. 위장막처럼 조용하
고 구겨진 듯 보이는 풍경 속에서 갑자기 화면이 지

Ⅰ 미국 독립전쟁 시절에 사용되던 개즈던 깃발에서 유래한 말로, 현재 미국 육
   군 보병연대 중 가장 오랜 역사를 지닌 제3보병연대를 비롯해 여러 부대의
   모토로 사용되고 있다.
Ⅱ 개즈던 깃발에 방울뱀이 그려져 있던 것을 풍자하는 말. 주로 보수주의자들,
   특히 최근에는 트럼프 전 대통령을 지지하는 세력을 조롱하는 의미로 사용
   된다.
Ⅲ 북아메리카에 살고 있다고 여겨지는 괴물.

지직거리는 듯한 효과가 났다. 이파리들이 있는 부분의 화소가 나뉘는 현상. 숲 일부가 웅크리고 있다가 일어서더니, 비밀을 지키는 자신의 거대한 회색 어깨 너머를 흘깃 보는 것 같았다. 사스콰치였다. 카메라맨은 이쯤 되면 항상 그렇듯이 완전히 혼이 달아나버렸다. 카메라를 안정적으로 붙잡고 있지도 못했고, 사스콰치에게 가까이 다가가지도 못했고, 사스콰치를 크게 당겨서 찍지도 못했다. 평생 찾아다닌 것이 마침내 모습을 드러냈을 때 그는 카메라에 불이 붙기라도 한 것처럼 최대한 멀리 던져버렸다.

"사스콰치 봤니, 아가야?" 여동생이 아직은 납작한 배를 문지르며 물었다. 그때 그들 모두가 그것을 보았다. 인간이라는 나무들 사이에서 생겨난, 눈에 보이지 않는 번득임.

•

믿을 만한 사스콰치 목격담을 더 이상 찾을 수 없게 되자, 그들은 시대를 통틀어 가장 훌륭한 리얼리티 쇼인 〈네이키드 앤드 어프레이드〉로 주의를 돌렸다.

남자 한 명과 여자 한 명을 알몸으로 야생에 떨어뜨려 놓으니 즉시 두 가지 일이 벌어졌다. 여자는 야자 잎을 엮기 시작했고, 남자는 고기를 먹지 못해 미쳐가기 시작했다. (이로 인해 남자는 대체로 송어 비슷한 수상쩍은 물고기를 먹고 여자가 "우리 앞마당"이라고 생각하는 곳에서 설사를 하곤 했다.) 생각해보니, 이런 환경을 꾸며놓으면 아이의 성별을 알리는 화려한 파티를 할 수 있을 것 같았다. 엄마와 아빠가 벌거벗은 몸에 진흙을 바른 모습으로, 식물이 푸르게 우거진 교외에서 손님들 앞에 모습을 나타낸다면 어떨까? 만약 아기가 딸이라면 야자 잎을 가져다두고, 아기가 아들이라면 아빠가 똥을 싸면서 울면 된다.

●

새로운 사람들이 핀볼처럼 계속 기계 안으로 들어오는 기적. 우리는 게임을 하는 쪽이었다. 우리는 손가락을 민첩하게 움직여 게임을 계속해서 빨간색 점수를 계속 올렸다. 다섯 살 아래인 여동생은 아기를 봐주기로 되어 있던 어느 날 오후에 한쪽 팔이 부러지는 사고를 당했다. 그녀가 잠시 방을 비웠을 때, 허공이 까맣게 찢어지는 것 같은 비명이 들렸다. 부러진 뼈가 무엇이든 즉시 할 수 있다는 듯이 반짝거리며 피부를 뚫고 나왔다. 하얗게 챙 하는 소리가 들렸다. 이렇게 뼈가 부러진 그녀의 몸속에서 이제 새로운 몸이 접합되고 있었다. 그 몸도 그녀를 신뢰할 것이다. 그럴 수밖에 없었다. 그들은 그 몸을 업고 숲으로 들어갈 것이다.

●

"지금 아이를 낳는 건 어떤 기분이지?" 그녀는 모두 자러 간 뒤에 남동생에게 이렇게 물었다. 발치에서 가짜 불꽃이 이글거렸다. 저 불꽃은 어떤 점 때문에 가짜가 된 거지. 이건 그녀가 벌써 백 번쯤 하는 생각이었다. 남동생이 말했다. "아, 굉장하지. 모든 게 활활 불타는 것 같아서 자기가 일을 잘하는지 못하는지 더 이상 걱정할 필요가 없어." 남동생의 두 살짜리 아들은 사람들이 너는 사내아이니 아니면 여자아이니 하고 물으면 언제나 자신은 총이라고 대답했다.

살아온 인생이 눈앞에 주마등처럼 지나가지는 않네. 켄터키주에서 남쪽으로 차를 몰다가 작은 장난감 같은 자동차가 블랙아이스 때문에 제멋대로 움직일 때 그녀는 이런 생각을 했다. 그들은 자동차의 속도를 늦춰 목재를 실은 트럭을 간신히 피했다. 트럭은 고속도로에서 완만한 역슬래시(\) 모양으로 미끄러지고 있었다. 어쩌면 그녀의 인생이 모자라서 주마등이 생기지 않은 것일 수도 있었다. 그녀가 이런 생각을 하고 있을 때 남편이 소리쳤다. "사랑해. 미안해." 그러고는 자신의 팔을 휙 움직여 그녀의 가슴 앞을 안전벨트처럼 가렸다. 그러고 나서 일어난 일은, 그녀가 다음 출구에서 휘청거리며 자동차 밖으로 나와, 네 발로 엎드려 숨을 몰아쉰 것밖에 없었다. 부러진 뼈로 만든 나비처럼 갈비뼈가 바들거리는 상황에서 그녀는 이성을 잃어버린 여자의 높은 목소리로 웃음을 터뜨렸다. 한없이 화면을 스크롤하다가 방금 진짜 웃겨서 죽을 것 같은 내용을 본 사람 같았다.

·

나라의 역사는 광고판만 봐도 알 수 있어. 다시 차를 몰고 가면서 그녀는 생각했다. 지금도 가끔 아무 이유 없이 키득거리고 있었다. *미안해! 사랑해! 사랑해! 미안해!*라는 말이 그녀의 왼쪽 귀에서 계속 메아리쳤다. 누군가가 저 광고판들의 글귀를 썼겠지만, 그것으로 그 글귀에 의미가 생기지는 않는다. **진짜 기관총을 쏴라. 기관총 아메리카. 낙태를 생각 중이라면, 그만! 배우, 가수, 그리스도를 위한 재능.** 집이 가까워졌다는 생각 때문이었다. 그녀는 **옛날 몸을 찾아드립니다—군인 특별할인**이라는 광고 문구를 보고 자기도 모르게 울기 시작했다.

·

"왜 갔어?" 그녀가 남동생에게 이렇게 물은 적이 있었다. 그러자 그는 단순하게 대답했다. "내 차례였어." 그녀는 퐁텐 드 보클뤼즈의 그 먼지 날리던 오후를 떠올렸다. 어두운색 곱슬머리 더미를 왕관처럼 머리에 얹은 십대 아이가 **위험** 경고판을 무시하고 잔잔한 수르스 연못을 향해 혼자 걸어가는 걸 지켜봤

던 일. 과거에 미끄러져 떨어졌던 바위들이 그의 발
밑에서 다시 미끄러졌다. 그는 무엇이든 일을 만들
어내는 사람이었으므로. 그의 목소리가 눈사태를 촉
발하기도 하고, 봄비가 그의 힘과 의지를 퍼붓기도
하고, 찌르레기가 높은 담벼락 같은 그의 몸 안으로
사라지기도 했다. 그의 아버지는 멋들어진 로망스어
로 포효하듯 그에게 간청했다. 돌아와, 이 멍청아, 어
떻게 나랑 저렇게 꼭 닮았어! 아들은 아버지의 말을
듣지 않았다. 수르스로 걸어갔다. 그 연못이 그에게
서늘하게 속삭였다. 네 차례야. 이리 와.

아직 겨울, 평생에 한 번 볼까 말까 한 달밤이지만 그 달을 구경하려면 밖으로 나가야 했다. 그건 생각할 필요도 없는 일이었으므로, 그녀는 달이 천천히 떠오르는 것을 포털에서 지켜보았다. 사랑스러운 타인들의 집 뒤뜰에 그 끔찍한 자비를 빛으로 내려주는 달. 블러드문, 슈퍼문, 블루문, 그리고 언제나 400년 만에 처음 뜨는 달이라는 말, 모양이, 모두 앞다퉈 이렇게 말했다, 모양이 아주 뚜꺼운 과자 같아.

•

그녀가 온라인에서 해본 스물네 번의 아이큐 테스트
가 틀렸다면 좋을 텐데. 틀림없이 틀렸을 거야.

•

어렸을 때 그녀가 (작은 달걀 같은 똥을 싸는 것 외에)
가장 두려워한 것은 55년 동안 딸꾹질을 하는 것이
었다. 물에 젖어 망가진 《기네스북》에서 전에 어떤
남자가 그런 저주를 받았다는 이야기를 읽은 적이
있었다. 그러나 성인이 된 뒤 그녀는 인생의 모든 것
이 55년 동안 딸꾹질을 하는 것과 같다는 사실을 깨
달았다. 아침에 일어나서 딸꾹, 김이 피어오르는 샤
워부스 안에 서서 딸꾹, 다른 방에서 자신의 이름이
불리는 것을 듣고 *자신이 누구인지*를 약한 전류처럼
느끼며 딸꾹, 딸꾹, 딸꾹. 설탕을 아무리 먹어도, 일
부러 깜짝 놀랄 일을 만들어도 소용이 없었다.

•

모든 것이 다른 모든 것이 엮인 끈에 엉켜 있었다.
고양이가 토했을 때, 그녀는 응용*praxis*이라는 단어가

들린 것 같았다.

●

한 달에 두 번 그녀와 남편은 그녀가 독재자를 유혹
해 권좌에서 끌어내릴 수 있는지를 두고 언쟁을 벌
였다. "그자가 당신을 여자로 봐줄지도 잘 모르겠는
데." 남편이 회의적인 표정으로 말했지만, 그녀는 긴
금발 가발만 있으면 된다고 주장했다. 한번은 그녀
가 그에게 정말로 고함을 지르면서 셔츠를 들어올리
기도 했다. "내가 인간사의 방향을 바꿀 수 있을 만
큼 섹시하지 않다는 거야? 그자가 **이걸** 보고도 가만
히 있을 거라고?"

●

지능의 미래는 틀림없이 검색과 관련되어 있을 것이
고, 무지의 미래는 틀림없이 정보를 평가하는 능력
의 결핍과 관련되어 있을 것이다. 하지만 케이블 뉴
스에서 아버지들의 풍경이 연기를 피워올리는 것을
보니, 이제는 지능이나 무지의 문제가 아니라 *감염*
의 문제인 것 같았다. 오래전 누군가가 덩치 큰 회색

몸으로 꿈틀거리는 미국 아버지들을 보고 그들의 실체를 알아차렸다. 딱 알맞게 쇠약해서, 살아 있는 메시지를 전달하는 숙주 대중이라고.

•

이 아버지들이 멋대로 힘을 휘두를 수 있다고 느낀 것(그녀의 아버지는 몸이 좋지 않을 때마다 끔찍한 스크린들이 가득한 자신의 우울한 방에서 선거일 밤의 보도를 다시 보면서 그런 것을 느꼈다)에는 딸들의 경멸이라는 대가가 따랐다. 그들이 일반적인 개념으로서 여자를 항상 낮잡아보았기 때문이다. 아버지가 양손을 넓게 펼치던 모습을 그려보며 그녀는 생각했다. 어떻게, 어떻게 *우리*가 계집년이 된 거지.

•

동굴에 살던 원시인들과 더 밀접하게 연결된 듯싶은 식단일수록 우리는 더 좋아했다. 원시인들은 수명이 길지 않았지만, 자기들이 원래 가야 하는 길을 정확히 지킨 것으로 *유명했다*. 지금 우리에 대해서는 같은 말을 할 수 없다. 원시인들은 자신이 어떤 존재인지 알았다. 형용사는 그의 머리 위에 둥글게 자리한 동굴 천장과 같았다. 하늘 아래 혼자 있는 사람은 아무것도 몰랐다.

●

"요즘 ○○○ 소식 들은 적 있니?" 전화 통화 중에 어머니가 이렇게 묻는 바람에, 탈출한 동급생의 유령이 소환되었다. 어디에 이름을 넣고 검색해봐도 도저히 찾을 수 없었다. 그녀의 직업이 너무나 멀쩡해서 마치 질책처럼 보였다. 항공우주 공학자라니. 선량함과 흔들림 없는 집중력으로 지금보다 더 나은 시간선으로 빠져나간 건가? 몇 년에 한 번씩 그녀는 그 이름을 입력해봤지만, 언제나 과거에 알던 모습이 담긴 저화질 사진만 나올 뿐이었다. 사진 속 그녀 옆의 기계는 그녀를 미래가 아닌 어딘가 다른 곳으로 데려갔고, 그녀의 친숙한 몸의 일부는 고등학교 시절 함께 나눠 먹던 치즈 프렌치프라이로 만들어진 것이었다.

·

현대 여성의 이미지에서는 얼굴에 달팽이 점액을 문지르는 모습의 비중이 그녀가 생각했던 것보다 더 컸다. 어쨌든 항상 모종의 이미지가 있기는 했다, 그렇지 않은가? 비소 몇 방울을 먹는 모습. 발에 천을 감는 모습. 납으로 이를 반짝반짝 닦는 모습. 우리는 자신이 그 색깔, 광택제, 허리를 조이는 기구를 자유로이 선택했다고 쉽게 믿어버리면서, 지난 시대의 여자들이 고래 뼈를 몸에 걸친 것에 대해 엄청난 연민을 느꼈다. 과거 여자들은 발등이 부러진 발로 절룩절룩 앞으로 나아간 반면, 자신은 몸이 허락하는 한 가장 성큼성큼 나아갈 수 있다고 쉽게 믿어버렸다.

·

새로운 기억이 생겼습니다. 그녀의 핸드폰이 이렇게 선언하더니, 그녀가 호텔 화장실에서 자신의 엉덩이를 사진으로 잘 찍으려고 애쓰는 모습을 슬라이드쇼로 보여주었다. 사진을 찍던 중에 그녀는 왼쪽 엉덩이가 더 강조되게 하려고 한쪽 다리를 들어 수건걸이에 걸고 균형을 잡기도 했다. 그러다 수건걸이가 뜨겁게 데워져 있는 것을 깨닫고 비명을 질렀는데, 그 와중에 옆으로 쓰러진 그녀의 모습이 우연히 사진으로 찍혔다. 몸의 구멍 중에서 결코 사진에 어울리지 않는 구멍 하나가 토라진 혜성처럼 훤히 드러나 있었다. "아이를 낳은 뒤에 그걸 보고 싶어." 여동생의 목소리가 들렸다. "50년 뒤에, 노인이 됐을 때 그걸 보고 싶어." 요양원에서, 부빙에서, 과거의 자신을 되돌아보며.

•

ㅎㅇ

ㅁㅊ

남동생이 문자를 보냈다. 우리는 왜 이런 식으로 이야기하는 거지?!

•

가장 먼저 그녀에게 '년'이라는 말을 쓴 남자애는 아동 포르노 소지 혐의로 이제 감옥에 있었다. 현대적인 담론의 은유 같았다. 하지만 현대적인 담론이라는 것도, 적포도주를 한 잔 먹고 앓는 소리를 내는 그의 어머니의 말과 같았다. "그놈이 지옥에 갈 놈이라는 건 나도 알지만, 그래도 내 아들이잖니." "우리가 뭘 한 거지? 우리가 뭘 한 거야? 우리가 뭘 한 거야! 우리가 뭘 한 거냐고!"

●

다른 도시에는 그녀를 소중히 여기는 것처럼 보이는 사람들이 있었다. 아마도 그들의 마음이 잠시 그녀의 목소리 속으로 흘러 들어와서, 그들의 입이 동물의 입처럼 크게 벌어지며 자동으로 행복한 표정을 지었기 때문일 것이다. 개도 쌍둥이가 될 수 있나? 가끔 어떤 남자가 그녀 앞에 무릎을 꿇고 아주 부드러운 손길로 그녀의 손목을 잡았다. 어떤 여자가 진짜 같은 고무 타란툴라를 가져다주기도 했고, 어떤 소녀가 그녀의 기침 소리를 듣고 자기 집으로 달려가 자신이 처방받은 기침약을 가져다주기도 했다. 그런 날에는 한 걸음 내디딜 때마다 자신을 반기는 집의 문턱을 넘어 들어가는 것 같았다. 사실 정당한

일은 아니었다. 다른 사람들은 누리지 못하는 것을
그녀만 누린다니. 사실 그것은

슬퍼!

슬퍼!

슬퍼!

슬퍼!

•

"발 페티시가 있어요, 샘?" 그녀는 자신의 검은색 앵
클부츠에 너무 푸짐하게 찬사를 보낸, 바람에 피부
가 쓸린 인디애나 남자에게 이렇게 물었다.

"네, 맞아요, 있어요." 그는 온갖 행복이 가득 담긴 표
정으로 대답했다. 봄과 여름에는 맨살이 드러난 발
가락, 발등, 발목, 발바닥이 어디에나 있으니 자신이
행운아임을 잘 아는 얼굴이었다.

"그럼 누구 발에 빠져 있어요?"

"내 아내의 발입니다. 내가 *사랑하는* 발이에요." 타이르는 듯한 장밋빛 뉘앙스가 느껴졌다. 그녀는 감동스러워서 펜을 입술에 댔다. 세상에는 아직 신사가 남아 있었다.

"날 조금 변태 같은 사람으로 볼지도 모르지만……." 그가 오해받고 싶지 않다는 듯이 입을 열었지만, 그녀가 말을 잘랐다.

"저는 변태라는 생각은 전혀 안 해요, 샘. 저와 같은 세대였다면 선생님은 몇 달에 걸쳐 특별한 병에 사정射精한 다음, 그 병을 사진으로 찍어 인터넷에 올렸을 거예요. 발 페티시라……." 그녀는 깊이 숨을 들이쉬었다. "발 페티시는 거기에 비하면 아름다운 초원 같아요. 발 페티시는 파헬벨의 카논이에요."

•

사실 그녀는 발 페티시에 대해 모르는 것이 없었다. 발 페티시가 있는 어느 유명인이 그녀의 개인 메시지함으로 슬쩍 들어와 그녀가 신던 운동화 한 켤레를 300달러에 사겠다고 요청한 적이 있기 때문이다. 그녀는 이 제의를 생각해본 뒤, 그에게 낡은 컨버스 운동화 한 켤레를 보내며 자신이 거의 움직이지 않는 사람이라 신발에서 전혀 냄새가 나지 않을 것이라는 사실에 은밀한 즐거움을 느꼈다.

•

보고: 화장실 변기에 앉아 30분 동안 핸드폰 게임을 한 남자의 직장直腸이 밖으로 빠져나왔다

•

포털에서 사는 사람들은 먹이를 얻으려고 어떤 단추를 자꾸만 눌러댄 전설적인 실험쥐들에 자주 비유된다. 하지만 적어도 그 쥐들은 먹이를 얻기라도 했다. 아니면 먹이를 얻을 거라는 희망이라도, 먹이를 얻은 적이 있다는 기억이라도. 우리가 그 단추를 눌렀을 때 얻는 결과는 쥐에 더 가까워지는 것뿐이다.

•

어쩌면 관련이 있을 사실: 그녀와 남편은 밀그램의 실험 때문에 가장 큰 부부싸움을 벌였다. 남편은 그 실험에 대해 들어본 적이 없다고 했다. 그녀가 인터넷에서 그 실험에 대한 자료를 찾아서 보여줬는데도, 그는 그것이 인간의 행동에 대해 조금이라도 밝혀낸 것이 있는지 모르겠다는 태도를 보였다. 결국 그녀는 이성을 잃었다. "그렇게 계속 거부하겠다는 거지…… 우리가 **작은 쥐새끼들**이고…… **조건만 맞으면 서로를 고문**할 수도 있다는 걸…… 그럼 **이 아파트에서 나가!**" 남편은 당혹스러운 표정으로 나갔다가 20분 뒤 맛있는 흰색 체다치즈를 들고 돌아왔다. 그녀는 그것이 모종의 뒤틀리고 비틀어진 농담인 것 같다고 짐작했다.

•

심지어 1년 전에 한 행동조차 이미 설명하기가 점점 불가능해지고 있었다. 예를 들면, 그녀가 자신의 인생 중 몇 시간을 취면 상태로 보내며 포토샵을 동원해서 냉동 완두콩 봉지들을 역사적인 만행을 담은 사진으로 만든 이유라든가, 스탈린의 옛 사진에 **아, 그래 자기야**라는 댓글을 단 이유라든가, 뭔가가 특별히 마음에 들 때마다 "엉덩이로 꿀꺽"하겠다고 말하는 이유라든가. 이런 걸 설명하기가 벌써 불가능했다.

●

힘껏 나아가지 않으면, 안일함의 죄, 공모의 죄, 그 시대의 쿠션을 향해 정치적으로 고꾸라진 죄를 저질렀음을 알게 된다. 너무 많이 나아가면, 백인 아이가 악어에게 먹혀도 상관없었다는 말을 입에 담게 된다.

●

십대들은 벽장의 검은 공간에 갇혀, 실시간으로 벌어지고 있는 총격에 대해 서로를 조곤조곤 인터뷰하고 있었다. 십대들은 부모에게 사랑한다는 말과 그동안 버릇없게 굴어서 죄송하다는 말을 문자로 보냈다. 이럴 줄 알았으면 여동생에게 자전거 타는 법을 가르쳐줄 걸 그랬다는 말도 했다. 십대들의 말이 어른스러웠다. 그들이 살아 있는 한 문간에 서 있던 총격범의 그림자가 그들을 향해 드리워졌기 때문에.

그 일이 일어난 도시의 이름이 서서히 계속 어두워졌다. 마치 학생들이 볼펜으로 그 이름의 윤곽선에 계속 덧칠을 하고 있는 것 같았다. 그들은 교실에서 나오던 중이었다. 그들은 백악관 앞에 누워 있었다. 이것이 신문을 찢어버릴 만한 사건인가? 어느 멍청한 미친놈이 공연예술 고등학교에서 총을 쏘아대는 실수를 저지른 바람에 결국 그렇게 될 것인가?

•

"학살." 노르웨이 언론인이 저녁식탁에서 이 말을 몇 번이나 반복했다. "그 학살 사건 기억하죠?" "무슨 학살요?" 그녀는 몽롱한 기억을 뒤졌으나, 범인의 이름을 들은 뒤에야 기억이 떠올랐다. 그 섬, 그리고 선언서를 발표한 남자, 감옥의 커피가 차갑다는 불평, 그리고 숫자 77. 하지만 정말 이상할 거야. 그녀는 버터를 바른 빵 한 조각을 베어 먹으면서 이렇게 생각했다. 빵은 초록색 들판에 비치는 햇살 같은 맛이었다. 누군가가 '학살'이라고 말했을 때 어떤 학살이냐고 물을 필요가 없는 나라에 사는 건.

•

우리는 포털에서 발견한 것들을 마치 그곳에서 자란 하느님의 꽃처럼 당연하게 생각하고 모아들인다. 그것의 유독성을 아는 누군가가, 그리고 우리에게 그 독을 겨냥한 누군가가 고의로 그것을 거기에 심었음을 알게 되면, 이런.

•

이런.

이런!

ㅇ – ㅣ – ㄹ – ㅓ – ㄴ!!!

•

그녀는, 거리끼는 마음을 스스로 내려놓는다면, 자

신이 이런 식으로 조종당했다는 사실에 순간적으로 들뜬 기분을 느낄 수도 있었다. 그녀가 자신의 생물학적인 그릇 안에서 그동안 경험한 둔한 느낌, 서투름, 단조로움 위에 다른 것을 겹쳐 쓸 수 있었다. 그녀는 그런 사람이 아니었다. 느릿느릿한 모습은 그녀 자신의 것이 아니었다. 그녀는 시골스러운 무지와 지방의 잘못된 발음에 뿌리박히고, 한곳에 못 박혀 발이 묶인 사람이 아니었다. 그녀는 번쩍거리며 하늘에 *나는 안다*는 글자를 쓰는 번개 나라에서 곧바로 시민이 되었다.

•

우리의 적! 만약 그들이 엉덩이를 먹는 것에 대한 이야기를 일부러 심어놓은 거라면? 우리 모두가 갑자기 엉덩이를 먹고 싶어하며, 엉덩이를 먹는 것에 대해서만 끊임없이 헌신적으로 이야기하고, 목에 냅킨을 두르고 맛있는 엉덩이 위에 나이프와 포크를 들고 자세를 취한 사진을 앨범 커버에 싣게 만들려고 그런 거라면? 세상에, 천재잖아! 자유세계의 시민이라는 사람들을 엉덩이 먹는 나라의 시민으로 변신시

키는 것만큼 신속하게 그들을 끌어내릴 수 있는 길
은 없다!

그들이 *간헐적 단식*으로 우리를 약하게 만든 건가?
*아무도 이해할 수 없는 탐정 드라마*로 우리의 저녁
시간을 낭비하게 만든 건가? *미국 소설*을 한동안 형
편없게 만들려고 이런 짓을 한 건가? 아무 일도 이루
어지지 않도록, *다중 연애*와 *식사 대용 음료*로 우리
무정부주의자들의 시선을 분산시킨 건가? 집에서 만
드는 술로 우리를 우쭐하게 만든 건가? *그리스도교의
생명*을 연장시켜준 건가? *사타구니에 단추가 달린 보
디슈트*를 되살린 건가?

아니, 아니다. 음모론이 바로 이렇게 시작되는 거였
다. 바로 이렇게 해서 무슨 말을 하든 항상 손가락으
로 따옴표 표시를 하는 사람이 되는 거였다. 엉덩이
먹기 열풍이 다른 모든 것과 마찬가지로 유기농 추
구와 같은 맥락이었음을 당분간은 받아들여야 했다.

•

"그걸 글로 써도 될 거예요." 그녀는 토론토에서 만난 남자에게 이렇게 말했다. "누가 글로 써도 될 거예요." 하지만 지금까지 포털에 대해 나온 글은 모두 늙은 백인 지식인이 블루스에 대해 이상하게 구는 것 같은 느낌을 물씬 풍겼다. 괜히 끼어들었다가 어처구니없는 실수를 저지를 가능성도 엿보였다. 예순 살의 카툰 작가들도 이 주제와 다뤄보려고 했지만, 얼굴이 있어야 할 자리에 핸드폰이 달린 사람이 손에 쥔 작은 얼굴을 스크롤하는 우중충한 낙서가 최선이었다.

•

그것과 떨어져 있을 때는 그냥 몸과 떨어져 있는 기분이 아니라 자신을 원하는 따스한 몸과 떨어져 있는 기분이었다. 그것에게서 멀어져 있을 때 그녀는 커다란 갈망을 느꼈다. *내 정보, 아, 그 답변들, 아, 내가 반드시 알아야 하는 줄은 꿈에도 몰랐던 나의 모든 것.*

적어도 그녀가 들뜬 기분일 때는 이런 생각이 들었

다. 기분이 가라앉았을 때는, 무릎을 꿇고 몸을 숙여 오체투지하고 현실의 사정射精을 간청하는 자신의 모습이 보였다.

●

우리 기반 시설에 대한 공격을 생각하는 것이 특히 해로웠다. 개 목걸이를 한 사이버 범죄자들이 신호등 체계를 해킹해 신호등을 항상 빨간색으로 바꿔놓거나, 식품점의 냉동고를 해킹해 자본주의 라자냐가 녹게 만들거나, 야구장 전광판을 해킹해 **게임 오버**라는 말과 함께 그 아래에 작은 해골과 엇갈린 뼈가 폭발하듯 나타나게 만드는 영화를 보며 우리가 웃어 댄 세월이 너무 길기 때문이다. 만약 우리가 실제로 그런 상황과 맞닥뜨린다면, 아이러니에 대한 우리의 크고 기형적인 감각 때문에 우리는 완전히 무방비상태가 될 것이다. 예를 들어 해커들이 이것을 해킹해서 as라는 단어를 모두 ass¹로 바꿔버린다면? 그러면 정말로 웃길 것이다.

¹ 엉덩이

146

•

그동안 나를 염탐했다는 말이 무슨 뜻이지? 그녀는
이런 생각을 했다. 화장실 변기 위에서 뜨겁고, 눈이
멀고, 비이성적인 상태로. 눈 역할을 하는 내 손의 이
물건으로 그동안 나를 염탐했다는 말이 무슨 뜻이야?

•

이제는 그 무엇도 환상지幻像肢로 비유할 수 없다는
것을 어떻게 써야 할까? "그녀의 젖꼭지의 점자點字"
라는 표현을 완전히 은퇴시켜야 하나? 누군가가 "게
이샤처럼 고개를 갸웃했다"는 말을 이제 두 번 다시
못 쓰는 건가? 양극성 날씨¹라는 말을 쓸 때마다 여
론이라는 감옥에 갇힐 위험을 무릅써야 하나? 새를
관찰하는 사람들이 자폐적이라고 암시하면 안 되
나? 초승달을 보고 "가난한 사람처럼 말랐다"고 말
하면 안 되나? 태양이 "여자 운전자처럼 산을 향해
필연적으로 추락했다"고 말하면 안 되나? 이제 사람
들의 얼굴을 향해 커피를 들어올릴 수 없다면, 차라

I   weather bipolar. 변덕스러운 날씨를 뜻하는 표현인데, 과거 조울증이라고
    부르던 질환을 요즘은 양극성 장애bipolar disorder라고 한다.

리 커피에서 모든 색조와 강점을 빼앗아버리자!

•

언젠가 모두 납득될 것이다! 언젠가 모두 납득될 것
이다…… 워터게이트처럼. 그녀는 이 일에 대해 아
는 것도 없고 신경도 쓰지 않지만. 무슨 호텔에 관한
이야기인가?

•

뉴스가 별로 없는 날 우리는 갈고리에 매달린 고기
처럼 심연 위에서 대롱거렸다. 뉴스가 많은 날에는
우리가 NASCAR[1]를 통째로 꿀꺽 삼키고 벽과 충돌
하기 직전인 것 같았다. 어느 쪽이든 랜디라는 이름
의 남자가 책임자일 것 같았다.

•

그녀는 잘 대처하고 있었다. 비록 어떤 날에는 아침
에 브래지어를 거꾸로 뒤집어 입었는데 그걸 바로잡

---

[1] 전미 스톡 자동차 경주협회 또는 그 협회에서 주최하는 자동차 경주대회.

기가 너무 힘들 것 같아서 그냥 뒤집힌 브래지어를 입은 채로 가만히 앉아서 뉴스를 빤히 보았지만. 그녀는 아주 잘 대처하고 있었다. 비록 그녀의 얼굴이 한 물음표에서 또 다른 물음표로 또 다른 물음표로 계속 바뀌고 그녀의 심장이 해변에서 개가 달려온 뒤 갈매기 무리에게 일어난 일로 바뀌었지만. 이제 그녀가 자신을 위로할 수 있는 유일한 방법은 거울 앞에 서서 소리 내어 이렇게 말하는 것뿐이었다. "소들은 그에 대해 몰라."

•

더 이상은 안 돼. 그녀는 엄격하게 혼잣말을 하고, 자신의 생일을 위해 딱 한 가지만 요구했다. 사전 모양으로 디자인한 작은 휴대용 금고. 아침마다 남편이 일하러 나갈 때 그녀의 핸드폰을 넣어둘 작정이었다. 그것을 선물로 받고 그녀는 욕심쟁이 아이처럼 포장지를 찢어버리고, 책등의 글자를 손으로 더듬었다. **새로운 영어.** 그러고는 동그란 잠금장치를 돌려 찰칵 하고 완결되는 느낌을 얻었다. "이걸 어디에 쓰게?" 남편이 물었다. 자신이 그녀를 기쁘게 해줘서 행복하다는 감정이 90퍼센트, 자신이 미친 여자와 결혼해서 불행하다는 감정이 10퍼센트였다. 그녀는 소박하고 품위 있게 대답했다. "내 귀중품에 쓸 거야."

•

쉿.

틱.

쉿.

틱.

찰칵. 찰칵. 찰칵. 찰칵

•

"내 금고!" 이틀 뒤 그녀는 이렇게 소리를 지르고 있었다. 모든 땀구멍에 바늘이 꽂혀 있는 것 같은 기분으로, 공처럼 뭉친 팬티를 한쪽 다리에만 걸치고 사전처럼 생긴 물건을 꼭 끌어안은 채 남편의 작업실 창문 아래에 무릎을 꿇고서. "얼른 내려와서 내 금고를 열어줘!" 그녀는 생각할 수 있는 모든 숫자를 시도해봤다. 섹스와 관련된 숫자, 적그리스도와 관련된 숫자, 쌍둥이 빌딩과 관련된 숫자. 하지만 그가 무서운 얼굴로 금고를 가져가 1-2-3-4로 해방시켜주었다. "아." 그녀는 안도감에 늘어졌다. 핸드폰이 손에 들어오는 순간 몸의 잠금장치도 풀렸다. "좋네. 재미있어. 숫자 세는 법을 배울 때 같잖아. 〈세서미 스트리트〉 같아." 그날 밤 그 금고는 벽장 안쪽으로 들어갔다. 거기서는 **새로운 영어**라는 글자가 더 이상 그녀에게 윙크할 수 없었다. 그리고 그들은 두 번 다시 금고를 입에 올리지 않았다. 그것이 사랑이었다. 그것이 지금의 사랑이었다.

•

넌 아주 현명해질 거야! 넌 우리 시대에 대해 모든 걸 알게 될 거야! 그리고 넌 우리에 대해 아무것도 알지 못할 거야!

그녀의 질 안에 크리스털 달걀이 있었다. 질 안에 크리스털 달걀이 있으니 걷기가 힘들었고, 그래서 그녀는 생각이 많아졌고, 그것을 명상으로 칠 만했다. "있잖아, 그게 정말로 효과가 있어." 그녀는 남편에게 이렇게 말했다. 늦은 밤 그 크리스털 달걀 때문에 남편이 화들짝 놀랐을 때.

●

그녀가 포털을 내려놓자 스레드가 그녀를 다시 잡아당겼다. 그것을 팔로우할 수밖에 없었다. 어쩌면 이것이야말로 모든 것을 연결해줄지 모르니까, 그녀를 절대 깨지지 않는 결합 속으로 짜넣어줄 테니까.

●

셀프케어. 그녀는 이런 생각을 하며 시베리아의 숲 같은 냄새가 나는 에센셜 오일을 대량으로 욕조 안에 뿌렸다. 하지만 가늘게 떨리는 물속에 몸을 담그는 순간, 포털에 글을 쓸 때 똥구멍이라고 지칭했을 부위가 백열하는 중세의 불길처럼 타오르기 시작해서 그녀는 욕실에서 똑바로 일어나 이제는 믿지도 않는 커다란 알몸의 남신 이름을 외쳤다. 거센 강물이 그녀의 몸에서 사방으로 흘러나가는 동안 그녀는 현대적인 순간의 조건이 무엇인지 전혀 기억나지 않았다. 자기 몸의 구체적인 지점 외에는 그 무엇도 의식하지 않았다. 뜨거운 목욕 덕분에 그녀가 자신의 모습을 회복했거나, 아니면 그녀가 어떤 정권이든 정권에 이웃을 금방 팔아넘길 사람이라는 뜻이었다.

●

그녀가 선한 독일인일 가능성을 알려주는 또 하나의

특징은 크로스비, 스틸스, 앤드 내시[1]의 노래 중 어느 부분을 불러야 할지 결코 마음을 정하지 못한다는 점이었다. 그녀는 그냥 그 다음에 나오는 음표를 불렀다. 이것은 협업에 대한 그녀의 잠재적인 성향과 관련해서 좋지 않은 징조였다. 따지고 보면 그녀가 크로스비 스틸스 앤드 내시를 정말로, 정말로 좋아한다는 사실과 마찬가지였다.

•

또한 무섭기까지 한 것은 그녀가 암시에 약하다는 점이었다. 1999년에 그녀는 〈소프라노스〉의 5화 분량을 본 뒤 곧바로 조직범죄에 참여하고 싶다는 마음을 갖게 되었다. 총격 부분은 아니고, 사람들이 모두 식당에서 둘러앉아 있는 부분에.

•

무엇보다 나쁜 것은 그 사건이었다. 여덟 살 때 그녀는 여동생, 남동생과 함께 개울을 탐험하다가 속이

| 1969년에 데뷔한 미국의 3인조 밴드.

빈 나무줄기 속에 아무 생각 없이 자갈 하나를 떨어뜨렸다. 고음의 사이렌이 울리고, 지평선이 구름 속으로 굴러 들어가고, 태양에서 가시가 자라나고, 벌들이 떼 지어 몰려왔다. 그녀의 눈으로, 귀로, 겨드랑이로, 금색 머리카락 속으로 그것들이 들어왔다. 그녀는 풍차처럼 팔을 허우적거리며 개울 옆 둑을 휘청휘청 올라가 집으로 달려갔지만, 집 문 앞에 도착했을 무렵에는 벌들이 방향을 바꿔 벌집으로 단정하게 돌아가버린 상태였다. 벌에 물린 자리가 녹아내리듯 몸에서 사라졌다. 마치 아무 일도 없었던 것 같았다. 한 시간 뒤 어머니가 물었다. "애, 어디……." 그러고는 둘이서 함께 그들에게 달려갔다. 여동생의 몸이 남동생의 몸을 덮고 있었다. 둘 다 벌에 쏘여 금방이라도 죽을 것 같은 상태로 반드시 누가 도우러 와줄 것이라 믿고 기다리고 있었다. *애, 애, 어디 있니?*

•

경험: 하마가 나를 삼켰다.

"중간 단계가 전혀 없었다. 위험이 다가온다는 느낌이 없었다. 마치 내 눈과 귀가 갑자기 멀어버린 것 같았다."

몇 년 전이라면 그 이야기가 파란을 일으켰을 것이라고 그녀는 생각했다. 몇 주 동안 모든 사람이 그 이야기만 했을 것이다. 갑작스러운 파열, 갈비뼈에 닿는 이빨이라는 새로운 현실, 궁극의 수족관 같은 곳에서 길을 잃었음을 느끼게 해주는 암녹색 냄새. 하지만 이제는 모두가 하마에게 삼켜진 적이 있었다. 그게 뭐라고. 사는 게 그렇지.

●

"당신 완전히 죽은 표정인데." 그녀의 남편이 말했다. 그녀가 우주의 모든 단어 조합 중에서도 하필 헨리 히긴스는 학대자였다를 사용자 이름으로 선택한 사람과 온라인으로 혈투를 벌이는 모습을 그가 지켜보다가 한 말이었다. "복화술사의 인형 같아. 아이들에게 겁을 주는 인형 같아. 완전히, 완전히 죽었어." 그녀는 변변찮은 마음이라도 마음에 상처를 입었다.

남편은 그녀가 가장 생기 있는 순간에 항상 이런 말을 했다.

●

그녀보다 먼저 기묘한 해에 태어난 사촌은 자폐가 있었다. 사람들이 아직 *냉장고처럼 차가운 엄마*를 비난하던 시절이었다. 그 사촌이 너무 힘이 세져서 다른 곳으로 보내지기 전, 숙모는 아들을 위해 자기 집 지하에 미니 부엌을 만들어주었다. 실제와 똑같이 밝고 단정하게 만든 이 시설이 그를 *실제 삶* 속으로 데려오는 데 도움이 될 것이라는 생각 때문이었다. 남아메리카처럼 생긴 자그마한 티본, 이슬 맺힌 옥수수 열매, 실제 라벨이 붙은 가짜 통조림. 하지만 그는 이런 것을 거들떠보지도 않고 오로지 음악에만 관심을 보이며 박자에 맞춰 자기 관자놀이를 찰싹찰싹 때렸다. 키가 점점 커지면서 그 소리도 점점 커지자 사람들이 모든 것을 거꾸로 생각하고 있었음이 분명해졌다. *실제 삶*은 그의 안에서 그의 몸과 작은 티본과 이슬 맺힌 옥수수 열매라는 미니 세상을 박차고 나오려고 애쓰고 있었다.

•

또 다른 조치, 이상한 것. 사람들은 그의 목에 작은 컴퓨터를 걸게 했다. 그는 말을 사용하지 않는데도 알파벳의 모든 글자가 그 컴퓨터에 있었다. 사람들은 자기들 표정에 어린 욕망이나 신성한 임의성이나 영어 그 자체의 고집스러운 힘으로 그를 이끌어 결국 이른바 *진짜 단어*를 자판으로 치게 만들 수 있을 것이라고 믿었다.

•

생각 없는 기계가 언젠가 유럽은. *시시하다.* 같은 말을 만들어낼 수 있을 것이라고, 이 다음에 그녀가 아버지를 만나러 갔을 때는 그가 무엇보다 진지한 얼굴로 그녀의 어깨에 한 손을 얹고 그녀의 눈을 열심히 들여다보며 유럽은. *시시하다.*라고 말한 뒤 그녀의 머릿속에서도 그 말에 공명하는 종소리가 울리기를 기다릴 것이라고 믿었다. 그녀의 아버지는 그 기계를 가리키며 말할 것이다. 사실 진실을 말해주는 건 저것밖에 없어.

그녀는 말문이 막힌 채 가만히 서 있다가 자신의 생각 없는 기계에게서 대답을 구하려 할지도 모른다. 그 기계가 자신의 손 위로 행복하게 뱉어내는 종이를 받아들고 그에게 *가서 독 고양이나 빨아, 내 사랑* 이라고 말할지도 모른다.

•

그게 전적으로 그의 잘못이었을까? 요즘은 지상의 모든 남자가 다른 남자가 자신에게 팔아넘긴 보조제에 대해 정확히 똑같은 의견을 내뱉기 직전인 것 같다. "엄마, 가서 아빠의 약장을 한번 확인해봐요." 어느 날 그녀는 매주 한 번씩 하는 어머니와의 통화에서 이렇게 말했다. "아빠가 '로직 5000 + 니아신으로 그녀를 파괴하라' 같은 헛소리를 이름으로 달고 있는 보조제를 몰래 먹지 않는지 확인해봐요."

발작처럼 기침이 터지는 바람에 그녀의 심문이 중단되었다. 그녀가 아침마다 먹는 뇌기능 개선약이 목구멍에 가로로 걸렸는데, 사랑으로도 돈으로도 그것을 씻어내릴 방법이 없었다. 기침이 가라앉았을 때, 어머니가 위층 복도를 씩씩하게 걷는 소리, 얼굴이 둘로 잘린 것처럼 보이는 거울을 여는 소리가 들렸다. "아무것도 안 보이는데. 왜 그런 걸 물은 거야?"

"아빠가 걱정돼서 그래요. 선거 뒤로 아빠가 진짜…… 빨갛잖아요."

"아유, 얘, 네 아빠는 항상 그랬어." 어머니는 계속 쌕쌕거리고 있는 딸을 향해 이렇게 말했다. "옛날에 네 아빠를 처음 만났을 때도, 내 평생 그렇게 빨간 사람은 처음 봤다니까."

•

"맞아, 당신 아버지는 완전히 세뇌됐지." 그녀의 남편이 주장했다. 그는 아파서 비명을 지르며 스케이트보드에 몸을 싣고, 거실에서 부엌으로 조심스레 굴러가는 중이었다. 이제 그는 새로운 운동법 때문에 정상적으로 걸을 수 없었다. 그는 도그 크랩 훈련이라고 부르는 그 방법을 어느 사이비종교 바로 옆의 동물원이라는 체육관에서 철저히 비밀리에 실행했다. 그녀가 더 자세한 설명을 요구했지만 그는 거부했다.

●

그녀의 아버지는 오후를 길게 늘이기 위해 서부영화를 틀었다. 존 웨인이 중심거리를 걷고 있는 한, 태양은 하늘에 떠 있었다. 그녀도 시도해봤더니 여전히 효과가 있었다. 커다란 붉은색 사냥개들이 빈둥거리다가 그의 목소리에 몸을 쭉 늘였다. 그녀가 핸드폰으로 찾아본 위키피디아의 존 웨인 항목에는 그가 저지른 온갖 나쁜 짓, 유타주의 핵실험 장소에서부터 바람이 불어오는 곳에서 영화를 찍다가 암에 걸린 이야기가 적혀 있었다. 그는 텔레비전 화면에 존재하는 한, 백 번 넘게 태어나 매리언이라는 이름을 얻었다. 조운 디디언은 멕시코에서 계속 그를 인터뷰했다. 그의 묘석에는 계속 *내일은 인생에서 가장 중요한 것. 한밤중에 아주 깨끗하게 우리에게 들어오지*라는 말이 새겨졌다. 그렇게 오후가 계속 이어지고, 그녀는 노란 얼굴의 칭기즈칸으로 분장한 그의 사진을 올렸다. 그리고 한낮에 중심거리의 자기 그림자 속에 서 있었더니 내일은 오지 않았다.

•

우리 정치가들은 진심이었던 적도 없고, 평범한 사람들과 팔을 걸고 함께한 적도 없었다. "그런데 제가 가장 좋아하는 고기는 핫도그입니다." 한 정치가가 우리에게 말했다. "그게 가장 좋아하는 고기예요. 두 번째로 좋아하는 고기는 햄버거입니다. 그런데 다들 이렇게 말하더군요. 아, 스테이크를 더 좋아하지 않아요? 그건 뭐랄까, 스테이크가 좋다는 건 저도 압니다만, 그래도 핫도그가 가장 좋아요. 햄버거가 그 다음으로 좋고요." 그래서 우리가 뭔지 알겠다는 심정으로 몸을 부르르 떠는 동안 모호하던 표의 향방이 굳어졌다. 우리도 핫도그를 가장 좋아하고, 그 다음으로 햄버거를 좋아하기 때문이었다. 우리는 평범한 사람들이었고, 평범한 사람들에게 모든 것이 달려 있었다. 우리는 값싼 식당에서 살고, 주유소에서 예배에 참석하고, 우리 어머니는 앞마당의 더러운 매

트리스고, 우리가 가장 좋아하는 것은, 젠장, 핫도그
였다.

●

"헛소리야!" 한 남자가 지팡이를 짚고 비틀비틀 일어
나면서 그녀에게 소리쳤다. 그는 종이 신문에서 이
행사에 대해 읽었다. 그는 모든 문자에 빠짐없이, 사
랑하는 할아버지가라고 적었다.

"헛소리가 아니에요! 민속 예술이에요!" 그녀도 마주
소리쳤다. 아이들의 이마를 거대하게 그린 초창기
미국 여자들처럼. 그들이 그런 그림을 그린 건 평범
한 이마를 그리는 법을 몰랐거나 아니면 세련된 스
타일을 살리기 위해서였을 것이다!

●

스레드 속 깊숙이 파묻혀 있는 게시물, "백인 문화는
누군가가 *나는 마이우식*[1] 맨이야라고 할 때다"라고

---

[1] myoosic, 음악을 들을 수 있는 애플리케이션.

말하는 그 게시물에서 우리는 현대 미국에 대한 진실을 찾을 수 있다. 모든 진실이 그렇듯이 그것 또한 똑바로 바라보기가 거의 불가능했다. 어쨌든 그녀가 그런 논의를 훑어볼 때면 가슴속에서 수치심에 뜨겁게 불이 붙을 때가 많았다. 스물두 살이 되어서야 비로소 캘리포니아 건포도가 인종차별적이라는 사실을 깨달았기 때문이다. 만약 대학에 다녔다면 열여덟 살 때 그 사실을 알아냈을 텐데. 부모를 미워할 이유가 또 하나 생겼다.

●

그녀는 배란 중이었다. 비키니를 입은 자신의 사진을 올리고 거기에 '신이 마련한 개 간식'이라는 거슬리는 설명을 달았다. 정확히 14분 뒤 어머니한테서 전화가 왔다. "너 무신론자 아니지?" 어머니가 물었다. "내가 말하려던 건 그게 아니에요." 그녀는 어머니를 안심시키며, 그 게시물에 사실은 그리스도교인의 분위기가 묻어 있다고 설명했다. 그녀의 몸은 제가 아는 유일한 방법으로 스스로를 임신시키려 하고 있었다.

•

항공 여행의 황금시대가 황혼기에 접어들었다. 이륙
과 착륙 때 그녀는 그 사실을 뼛속 깊이 느낄 수 있
었다. 이제는 비행기가 활주로에 몇 시간 동안이나
머무를 때가 많았다. 그녀가 샴푸 병에 담아온 보드
카를 마시려고 화장실로 슬쩍 들어갈 때면 승무원들
이 그녀에게 차가운 시선을 던졌다. 일곱 시간의 비
행 끝에 모두가 이마에 주름을 잡고 더러운 모피를
걸친 모습으로 좌석에서 일어날 때 그녀는 그들이
종말 이후 두더지 족으로서 어떤 모습이 될지 이미
보이는 것 같았다. 하지만 어느 공항에 가든 이름 없
는 작은 갈색 새가 한쪽 끝에서 반대편 끝까지 날아
다니며 승객이라는 나무줄기 사이를 미끄러지듯 빠
져나가고, 틀림없이 지도 전체를 차지할 제 영역의
노래를 불렀다. 나라도, 도시도, 바다도, 하늘도 그곳
에 속했다.

•

우리가 뭔가를 묘사하기 위해 개발한 속기가 서서
히, 멋지게, 제가 묘사하는 대상인 *사슴뇌사상충*으로

꿈틀꿈틀 변할 수 있었다. 그러다 보면 마침내 그 현상 전체가 1인치짜리 회색으로 줄어들었다. 은하 두 뇌로 변하면, 별처럼 생긴 것이 폭발했다.

•

다음 세대를 위해 그녀가 바라는 것은, 숫자들이 병들어 무리를 짓고 절벽에서 뛰어내리는 시대, 숫자들이 인간이 되는 시대를 그들이 겪지 않았으면 하는 것이었다. 하지만 그들이 이미 시작해버린 일을 어떻게 멈출 수 있을까? 바다 저편에서도 시뮬레이션이 하늘에 걸린 깃발처럼 펄럭이며 달과 붉은 해와 별들과 함께 잔물결을 일으켰다. 길가의 표지판에는 스프레이페인트(당연히 이거겠지)로 어디서나 볼 수 있는 글귀가 적혀 있었다. **지구는 평평하다.**

•

있지, 이 아이는 커서 세계를 여행하는 년이 될 거야. 여동생은 해외에서 꾸준히 흘러들어오는 사진에 이런 답을 달곤 했다. **모든 곳에 가서 모든 것을 보고, 여권에는 모든 도장이 찍힐 거야.** 매번 한 번도 빠짐없이 그녀는 이

렇게 답을 달았다. **걔가 태어났을 때 세상이 아직 존재한 다면 그렇지 하하**

•

그녀의 숙모가 음식 모형이 가득한 부엌 모형에서 아들의 손목을 등 뒤로 엇갈리게 잡을 때 짓는 표정이 있었다. 그 얼굴을 보면 그녀는 자식을 꼭 낳아야 하는지 궁금해졌다. 무슨 일이 일어날지 어찌 알겠는가. 게다가 자신이 그 일을 감당할 수 있는지도 알 수 없는데. 그 일을 감당할 수 있는지 어떻게 알지? 하지만 머리를 하나로 묶은 작은 여자아이가 비행기 통로에서 자신을 향해 뛰어왔다가 지나가면서 그녀의 팔과 다리를 온통 토닥거리던 모습도 자주 생각했다. 멍 자국이 하나도 없는 부드러운 파란색 서양자두가 비처럼 내리는 것 같았다. 그녀는 그 아이가 사라지고 한참 뒤에야 놀라움을 느꼈다. 화장실에서 샴푸 병에 든 보드카를 홀짝거리며 생각에 잠겨 있을 때, 갑자기 그녀의 피부에 온통 꽃이 피어났다. 어쩌면 그 일을 감당할 수 있을 것 같았다.

·

"나는 당신과 같은 생각이었어요. 나도 한편이라는 생각이 들었죠. 당신이 꼽추에 대한 농담을 할 때까지는." 줄 맨 끝에 서 있던 여자가 몸을 돌리자, 햇살처럼 노란 셔츠를 통해 그녀의 등에 난 혹이 보였다. 그녀의 할머니가 갖고 있던 혹과 정확히 똑같이 몸 왼쪽에 높이 솟아 있었다. 그날 하루 종일 그 여자의 말이 귓가에서 메아리쳤다. *나는 당신과 같은 생각이었어요 나도 한편이라는 생각이 들었죠.* 애당초 그녀가 왜 그 농담을 했던가. 할머니도 혹이 있었는데, 그 혹의 모습을 기억하고 있는데, 자신이 신뢰가 담긴 어린 손으로 그것을 둥글게 만지던 감각이 아직도 남아 있는데.

·

비록 그녀가 그것에 묶여 있는 신세이긴 해도, 그녀의 작은 창문이 영원한 수수께끼를 내다볼 방법을 찾아내서 다행이었다. 그녀는 그날 밤 뭐라고 설명할 수 없는 독일식 감자샐러드를 주문한 뒤(벌써 2년 전 일이었다. 아직 아무 일도 없던 시절) 할머니가 돌아가셨다는 문자를 받았다. 할머니의 요리법에는 베이컨, 설탕, 백식초, 삶은 달걀, 그리고 그녀가 항상 잊어버리는 중요한 구식 구두점이 필요했다. 그게 셀러리 씨였던가?

그 일이 벌어졌을 때 나는 아웃백에서 블루밍 어니언을 먹고 있었어. 그 문자에는 이렇게 적혀 있었다. **할머니도 그런 걸 원했을 거야**

•

"이건 격식 있는 일입니다!" 쉽게 흥분하는 신부가 장례식에서 고함을 질렀다. 그는 현대사회가 어른들을 전혀 존경하지 않기 때문에, 살아 있는 사람들 중 가장 나이가 많은 하느님에 대해서도 잊어버렸다고 믿었다. "요즘은 부모가 죽으면 자식들은 시신을 카펫으로 돌돌 말아 치와와처럼 뒷마당에 묻어버려요!" 전부 틀린 말이잖아. 그녀는 어리둥절했다. 놋쇠 항아리에 담아 벽난로 위에 올려놓은 치와와만큼 사람들이 사랑하고, 존중하고, 소중히 여기는 것은 없었다. 신부도 알고 있을 터였다. 한 번이라도 인터넷에 접속했다면.

•

이건 전혀 현대적이지 않아. 그녀는 귀를 기울이고, 앉고, 일어서고, 무릎을 꿇고, 몸과 목소리가 의식을 기억하게 만들면서 생각했다. 슬픔은 반드시 그 시대에만 속해야 하는데. 하지만 옆으로 휙 시선을 돌리니 아버지가 가족석 끝에서 끊임없이 전자담배를 피우는 것이 보였다. 미래의 물건처럼 생긴 긴 검은색 파이프를 배고픈 아기처럼 빨아대더니 둥근 천장을 향해 고개를 들고 자기 어머니의 영혼을 커다란 흰색 구름으로 내뱉는 것 같았다.

•

"우리 손주들에게 뭐라고 말하지?" 그녀는 손가락으로 존재하지도 않는 전화선을 꼬는 시늉을 하며 남동생에게 물었다.

•

"우리가 들은 얘기랑 같은 것." 그가 생각에 잠긴 표정으로 말했다. "그래, 나는 엉망진창이었어. 그래, 내가 밖에서 경찰견한테 왈왈 소리를 지르고 있었어. 그래, 나는 포털에 들어가서 독재자한테 내 기저귀를 갈라고 말했어."

●

몇 년 전 그녀의 남편이 DNA 테스트기를 그녀에게 사주었다. 그들이 모든 DNA 시험 결과를 거대한 데이터베이스에 모으고 있어서 나중에는 우리의 먼 친척이 빵 한 덩이를 훔친 죄로 감옥에 갇힐 수도 있다는 사실을 아직 아무도 모를 때였다. 그녀가 작은 병에 힘없이 침을 뱉어 보냈더니 그녀가 왕의 딸들[1]의 후손이라는 결과가 되돌아왔다. 그들은 배에 실려가서 비버가 사는 황무지를 들쑤셔 캐나다를 끄집어낸 하층계급 프랑스 여자들이었다. "이제 당신을 훨씬 더 이해하겠네." 남편은 이렇게 앓는 소리를 냈다. "전부 이해하겠어." 어쩌면 그럴 수도 있었다. 그녀는 자신의 DNA가 몸에서 시간선처럼 거꾸로 흘러가는

---

[1] filles du roi. 17세기에 루이 14세가 후원한 프로그램의 일환으로 북아메리카의 뉴프랑스로 이주한 800명의 젊은 프랑스인 여성들을 일컫는 말.

것을 보았다. 철창에 갇힌 먼 친척들의 얼굴이 잔뜩 있었다. 그런데 어찌 된 영문인지 그들을 그곳에 가둔 사람이 바로 그녀였다. 그들을 지나 시계를 다른 시대로 돌린 탓에, 애당초 태어난 탓에.

•

그녀가 전에 어떤 남자와 함께 무대에 선 적이 있었다. 그는 가만히 서서 자기 증조할아버지의 목소리로 꼬박 5분 동안 웃어댔다. 나중에는 뒤로 쓰러져 바닥을 굴러다니며 깔깔거렸다. 그보다 앞서서 그는 자기가 공연할 때 조상들이 항상 옆에 있다고 설명했다. 그의 공연이 끝난 뒤, 그녀는 데이지가 그려진 옷자락을 매끈하게 펴고 마이크로 다가가, 자신만 비추는 스포트라이트 때문에 눈을 깜박거리며 말했다. "제 조상들이 지금 여기 제 옆에 전혀 없다는 사실을 여러분께 아무리 말해도 지나치지 않을 겁니다." 하지만 그때 거의 진지한 웃음처럼 어떤 힘이 그녀의 목소리에 들어왔고, 그녀는 정령이 깃든 나무처럼 서서 자신의 입이 있는 포털을 열었더니 그어느 때보다도 훌륭하게 발언할 수 있었다. 진짜 동

맥 속에서 왔다갔다하는 피처럼 급히 달려가던 그녀
는 조상들이 그냥 뒤로 지나간 존재가 아니라 앞으
로 올 존재들이기도 하다는 사실을 깨달았다.

•

달이 그녀의 창문 안으로 떨어져 그녀를 깨웠다. 매
일 새벽 4시, 임무, 위험, 다가오는 늑대에 대한 선사
시대적인 감각이 그녀에게 일어나서 불을 확인하라
고 말했다. 그녀는 시키는 대로 했다. 세상의 불은 돌
멩이들의 둥근 원 안에서 여전히 타고 있었으므로,
그녀는 한두 시간 동안 말똥말똥 누워서 다시 잠들
려고 애썼다. 자신이 작은 갈색 씨앗에서 풀려나와
콩줄기로 자라나는 모습을 상상했다. 모든 덩굴을
따라 그녀의 정신이 바스락거리며 점차 굵어졌다.
그녀는 훌륭하게 설계된 고사리가 자라는 습한 숲에
서 단세포 생물로부터 지금의 모습으로 진화하는 중
이었다. 누군가의 배 안에서 다시 자라나면서 바깥
의 삶이 어떤지는 전혀 생각하지 않았다. 다른 언어
로 된 포털이나 그녀가 글 읽는 법을 배우기 전에 대
해서는.

•

이상했다. 포털에서 최고의 것들은 꼭 다른 사람의 소유인 것 같아서. 남의 문장에서 얼굴, 이름, 지문을 공들여 따가는 십대에게 *그건 내 거야*라고 말한들 소용이 없었다. 그녀는 그 문장이 마음에 들었다. 그녀의 머릿속에서 기본 단위가 없는 자유 언어가 이미 백 번이나 말한 문장, 그것은 그녀의 것이었다. 각자의 인생 조각들이 연결된 끈을 끊고 사람들 사이에서 여럿으로 불어나, 처음에는 어디서도 보이지 않던 작은 것이 어디서나 보이는 큰 것이 되었다. 아무도 아니었다가 모두가 되었다. _____도 쌍둥이가 될 수 있나.

•

앞으로 1년 뒤 포털에 올릴까 생각할 때 그녀의 몸을 타고 불꽃이 치밀게 만들 말.

이런 시대에 따옴표 살아 있게 따옴표 되다니

우리 애를 좀 봐! 여동생은 이 문자에 20주 차 초음파 사진을 첨부해 보냈다. 오렌지처럼 어둠을 눌러대는 엄지손가락의 지문이 보였다. **머리가 엄청 커 ㅋㅋㅋ**

안녕, 외계인 꼬마야! 그녀는 답장을 보냈다. **이 끔찍한 곳에 온 걸 환영한다!**

2

이러니저러니 해도 세상은 아직 끝나지 않았다. 어떤 반사작용으로 세상이 자제하게 된 걸까? 세상이 되찾은 균형은 무엇일까?

우리가 해낸다면, 이것 역시 그리워하게 될 것이다.

●

B6 게이트의 모든 사람이 황금빛으로 물들어 있었다. 그녀는 한 발을 땅의 가장자리 너머로 내밀어 거의 떨어질 것 같은 자세로 앉아 있다가, 앞머리는 짧고

옆머리와 뒷머리는 어깨뼈 아래까지 화려하게 늘어뜨린 커플을 보았다. 남자가 빗을 꺼내 늘어뜨린 머리카락을 힘들게 빗기 시작했다. 빗질이 수월해지자 그는 아내에게 빗을 넘겼고, 아내 역시 남편과 똑같이 열중한 표정으로 자신의 머리카락과 씨름하기 시작했다. 늘어뜨린 그들의 머리카락은 그들의 땅이었으니, 나중에 하느님이 지상에 내려오면 바위도, 그루터기도, 잡초도 찾지 못하리라. 그들은 한 사람처럼 똑같이 머리카락을 흔들고, 손을 맞잡은 뒤 휴식을 취했다. 그녀를 물들인 황금빛 덕분에 그들도 똑같아 보이고, 죽을 것 같은 기분이 조금 누그러졌다.

●

그녀의 정신이 있는 곳에서 커서가 깜박거렸다. 그녀는 진실한 단어를 차례로 입력하고, 그것들을 포털에 올렸다. 그러자 갑자기 진실하지 않게 되었다. 적어도 그녀가 진실하게 만들 수 있었을 만큼 진실하지는 않았다. 픽션은 어디 있는가? 거리감, 각색, 강조, 비율은? 단어들은 다른 사람의 삶 속으로 들어가 그 단어들의 사소함을 삶의 거대함에 들이받을 때에만 진실하지 않게 되는 건가?

●

완벽한 아이들이 영원히 포털에서 놀았다. 그들이
자라지 않으리라는 것, 우리의 키를 뛰어넘지 않으
리라는 것, 인간의 진화를 나타낸 그림에서 결국 더
나은 원숭이가 되지는 않으리라는 것을 도저히 믿을
수 없었다.

●

스물세 살의 인플루언서가 소파에 그녀와 나란히 앉
아, 공인으로 살아가는 것에 대해 이야기했다. 그의
피부에는 모공이라는 것이 아예 존재하지 않는 것
같았다. "이거 읽었어요……?" 그들은 서로에게 거듭
거듭 이렇게 물었다. "읽었어요?" 그들은 신이 나서
계속 손을 들어올려 하이파이브를 했다. 소울메이트
가 되는 것보다 훨씬 좋은 일을 찾아냈기 때문에. 그
들은 정확히, 그리고 행복하게, 그리고 손쓸 수 없을
만큼, 온라인에 머무르는 시간이 똑같았다.

•

"제가 생각한 것이 있습니다." 그녀는 군중에게 이렇게 말하고 나서 잠시 가만히 있었다. 어딘가에서 누가 신음 소리를 낸 것 같아서였다. 그녀는 다시 말을 시작하려고 했지만, 자기가 하려던 말이 무엇인지 기억나지 않았다. 우리 시대에 여자로 살아가는 것에 대한 말이었던 것 같은데.

•

빈에서 본 작은 케이크는 커다란 빌딩 같았다. 아니, 커다란 빌딩이 작은 케이크 같았다. 그녀는 둘 다 먹었다. 층층이. 그러고 나서 프라터 공원의 관람차를 타고 가장 높은 곳까지 올라가자 배 속의 커피가 보리수 이파리 위에서 출렁거렸다. 핸드폰이 진동하더니 멀리 있는 어머니가 보낸 글자들이 보였다. **문제가 생겼어. 얼마나 빨리 여기로 올 수 있니?**

•

빨리 빨리 빨리 빨리 빨리

개가 태어났을 때 세상이 아직 존재한다면 그렇지
하하

●

공백.

공백.

공백.

공백.

뉴스를 아는 리듬의 커다란 공백.

●

포털의 순수하고 유동적인 요소인 질문(내가 보호해
야 하는데 실패하고 있는 대상이 누구인가?)이 그래도
하루에 두 번은 맞는 고장난 시계 같은 답을 찾아냈
다. 그녀는 마음 넓고 따뜻한 우리에게서, 아주 마지
막 순간까지 그녀가 영원히 공동 집필해야 할 것처

럼 보이던 이야기에서 무겁게 떨어져 나왔다. 오. 그
녀는 앨리스처럼, 빗줄기처럼 아래로 떨어지면서 몽
롱하게 생각했다. 알고 보니 그녀가 전에 포토샵을
동원해서 역사적인 만행을 담은 사진으로 만들었던
완두콩 봉지를 겨드랑이에 끼고 있었다. 오, 내가 그
동안 내 시간을 낭비하고 있었던 건가?

•

"요즘 여자들은 이렇게 안 생겼어!" 집으로 돌아오는
비행기 안에서 옆자리 남자가 반짝이로 장식된 옷을
입고 물고기 꼬리처럼 움직이며 그녀의 아이패드를
가로지르는 매릴린 먼로의 엉덩이를 향해 소리를 질
렀다. 그녀는 뜻밖에도 그에게 공감하며 고개를 끄
덕였다. 이 점에 대해서는 그들의 의견이 일치했다.
그동안 여자들이 어떤 진보를 이룩했든, 지금은 그
렇게 생기지 않았다는 것. 그녀는 잘못 그려진 아이
라이너를 하릴없이 문지르며 생각했다. 앞으로 여자
들이 이런 모습을 할 일은 두 번 다시 없을 거야.

•

"무슨 일이에요?" 그녀는 차 안에서 어머니에게 말했다. 어머니가 마지막으로 보낸 문자는 길게 늘어선 파란색 하트 한 줄과 분출되는 물방울 세 개뿐이었다. 그녀는 그 물방울이 정액임을 더 이상 설명하고 싶지 않았다. 어머니가 운전대에 머리를 기대고 울기 시작했다.

•

예술이 어찌나 기묘하고 이상하게 사용되는지! 그녀는 어두운 병원에서 여동생의 가느다란 손을 잡고 서서 여동생의 이마로 흘러내린 탈색 머리카락을 정리해주고 있었다. 여동생의 남편은 농구복 반바지와 플립플롭을 신은 소년 같은 모습으로 가만히 서 있지 못하고 몸을 앞뒤로 흔들었다. 검사원이 초음파 막대를 둥근 배 위에서 이리저리 움직이자, 쿵 하는 커다란 심장박동 소리가 방 안을 가득 채웠다. 불그스름한 검은색이고 가장자리가 흐릿한 심장이 어떻게든 작동하고 있었다. 검사원은 아기의 횡격막이 움직이기를 기다리는 중이라고 설명했다. 횡격막이 부풀었다 줄어들기를 반복한다면, 아기의 몸이 숨 쉬는 법을 배우고 있다는 증거였다. 검사원이 계속 지켜보면서 초음파 막대를 너무 세게 누르는 바람에 여동생이 비명을 질렀다. 초음파 화면에 작게 나타난 모든 것이 헤엄치기도 하고 불룩해지기도 했다. 흑백으로 움직이는 그 화면을 보고 있자니 히스토리 채널과 우주가 저절로 생각났다. 아기는 여전히 숨 쉬기 연습을 하지 않았다. 태어날 준비를 하려 하지 않았다. 세상으로 나올 연습을 하려 하지 않았다. 꼭 그럴 이유가 없지 않은가. 마침내 그녀가 여동생에게 말했다. "나한테 좋은 생각이 있어." 그러고는 핸드폰을 꺼내 앤드루스 시스터스의 빠른 템포 노래를 쾅쾅 틀었다. 어두운 병원에서 튼튼한 슬리퍼와 널찍한 옷깃과 금관악기들이 반짝거렸다. 고향에서 먼 외국으로 떠나와 겁에 질린 소년들을 위한 음악, 밝은 선율을 가슴 가득 꿀꺽 삼키고 나서 집으로 돌아오게 만드는 음악이었다. 전에 효과를 발휘했던 이 음악이 이번에도 효과를 발휘했다. 아기가, 숨을 쉴 필요가 없는 곳에서, 숨을 쉬었다.

•

검사원은 모든 것을 알아보았다. 몸의 다른 부분보다 10주는 앞서 있는 머리 크기, 팔과 다리의 비대칭, 도통 감기지 않는 눈, 하지만 그녀에게는 어떤 말도 허용되지 않았다. 측정 결과를 표시하는 그녀의 입술이 바늘땀 한 개 같았다. 마침내 그녀가 수줍게 웃었다. "그 음악이 마음에 들어요."

•

한동안 모두들 불길한 종말을 예상하는 듯한 어조로 아기에게 이러저러한 것이 없을지도 모른다는 이야기밖에 하지 못했다. "내가 이런 생각을 해서 미안한데……." 그녀는 샤워를 하다가 혼잣말을 했다. "모든 아기에게는 엉덩이가 있어야 해. 날 구식이라고 생각해도 좋은데, 난 **무슨!** 일이 있어도 **아기!**에게는 **엉덩이!**가 있어야 한다고 믿는 사람이야."

•

초음파 사진에서 내 딸의 _____을 봤어

나는 오래전부터 이런 식이었는데, 이제는 어떤 사람이 되어야 하는지 모르겠어.

●

의사, 간호사, 전문의 모두 낙태에 대해서는 단 한 마디도 하지 않았다. 26주라면 이미 너무 늦었기 때문에? 주지사의 펜이 항상 어이없는 새 법안 위에서 어른거리는 오하이오주라서? 농장의 동물 한 마리를 안고 있는 예수의 조각상이 로비에 있는 가톨릭 병원이라서? 정확한 이유는 알 수 없었다. "그 기사 읽었어……?" 어느 날 아침 여동생이 이렇게 물었을 때 그녀는 어떤 기사를 말하는 건지 즉시 알아들었다. 어떤 여자가 수백 킬로미터나 떨어진 라스베이거스까지 날아가서 고개를 숙인 채 반대시위대 사이를 뚫고 들어가 마침내 15센티미터 두께의 방탄유리가 끼워진 방에서 수술대에 누울 수 있었다는 기사였다. "그 시위대가 계속 생각나." 여동생이 말했다. "입에서 침을 튀기는 모습. 어떻게 다 그렇게 모를 수가 있지."

"내가 차로 데려다줄게." 그녀가 필사적으로 말했다. "내가 차로 데려다줄게. 뭐든 해줄 테니까 말만 해." 여동생은 슬픈 얼굴로 고개를 끄덕였다. 두 사람 모두 휙휙 지나가는 사막, 세이지와 모래, 라일락색 산들이 보이는 듯했다. 물론 사막에 간 적은 없고, 영화 〈쇼걸〉을 봤을 뿐이다. 그 여행이 안전하지 않다는 것, 그런 짓을 저지르면 부모가 두 번 다시 말도 걸지 않으리라는 것을 두 사람 모두 알고 있었다.

•

그녀는 오래전의 노르웨이 여행을 떠올렸다. 거기서 어느 아침 시장에 가는 길에 그녀는 가늘고 높고 긴장된 소리를 들었다. 두 손가락 사이로 노란 실을 통과시키는 것 같은 소리였다. 치아 뒤편보다는 정수리를 노린 소리라서 그녀는 그것이 종교적인 소리임을 금방 깨달았다. 거미줄처럼 얇고 섬세한 긴 치마를 입은 여자가 이끄는 낙태 반대 노래였다. 하얀 옷깃을 단 남자가 그 여자 옆에 서서 탬버린을 연주했다. 그 두 사람 뒤에는 적갈색 머리카락에 주근깨가 있는 다운증후군 청년 두 명이 양팔로 서로를 끌어 안고 뺨을 꼭 맞대고 있었다.

세상에. 그때 그녀는 이런 생각을 했다. 우리나라의 낙태 반대 운동가들이 탬버린을 동원할 수 있다는 걸 깨닫는 순간 끝장이야.

●

"내가 당신이라면 말이에요……." 한 사회복지사가 여동생에게 말했다. "그냥 밖에 나가 달리기를 하면 서 그 결과를 볼 것 같아요." 그들은 그녀를 보며 눈 을 깜박였다. 그건 안전하지 않지 않나? 여기가 1950년대의 아일랜드가 아닌 게 맞아? 설마 이제 뜨거운 물을 채운 욕조에서 진을 한 병 마시라고 조 언하는 사람이 나오는 건 아니겠지?

●

그녀가 걱정한 것은 여동생의 목숨뿐만 아니라 자신 의 독창성이기도 했다. 예를 들어, 그녀는 〈스타워 즈〉를 워낙 좋아해서 결혼식 때 '임피리얼 마치'¹에

맞춰 행진했다. 그 노래는 우리가 어둠 속에서 흥얼
거리는, 생존의 요체 그 자체인 것 같았다. 그것으로
살아 있을 때 벌어지는 모든 일에서 빠져나갈 수 있
을까?

•

그녀는 포털에 아무것도 올리지 않았다. 이런 상황
이 어떤 건지 잘 알았다. 사람들이 화면을 스크롤하
면서 립스틱을 선에 맞춰 그리지 못하는 사람, 광증
의 영역으로 슬금슬금 다가가는 사람, 발정난 사람,
SM 관계에서 지배자 역할을 하지만 충분히 비열해
지려면 아직 먼 사람, 좋아요를 여덟 개밖에 받지 못
한 누드 사진, 거울에 치약이 묻은 욕실에서 찍은 셀
카, 보기에 역겨운 감자샐러드, 실시간으로 실수를
저지르는 언론인, 무리와 낙오자 사이의 거리를 더
벌려야 한다고 알려주는 약한 동물의 사진에서 눈을
피한다는 사실을 그녀는 알고 있었다. 하지만 사람
들이 무엇보다 눈을 피하는 대상은 슬픔에 미쳐버린

| 영화 〈스타워즈〉에서 다스 베이더의 테마곡.

사람들, 벌어진 입이 고대의 그림이 그려진 동굴처럼 보이는 사람들이었다.

●

그녀가 잘하는 것이 웃기는 것뿐인데 이것이 전혀 웃기지 않다면, 그녀는 어떻게 되는 거지?

●

"아버지 딸의 목숨이 위험하다는 걸 모르겠어요?" 그녀는 차 안에서 아버지에게 조용히 소리쳤다. 아기의 머리가 지금도 기하급수적으로 커지고 있는데, 그 속도가 줄어들 기미가 전혀 없기 때문이었다. 여동생이 몇 걸음만 걸어도 배가 수축하기 시작했다. "100년 전이라면……." 하지만 그녀는 말을 멈췄다. 아버지의 눈이 방황하고 있기 때문이었다. 그도 이제 점점 깨닫고 있었다. *이번 일이 바로 그런 역할을 했다는 점*을 참을 수 없었다. 이제야. 그녀는 손잡이를 비틀어 문을 열려고 했지만, 문이 잠겨 있었다. 라디오에서 '배드 투 더 본'이 흘러나왔다. 아버지는 그 노래가 끝나기 전에 그녀가 차에서 내리는 것을 허락할 사람이 아니었다.

●

"젠장맞을 경찰들!" 마침내 차에서 탈출한 그녀는 자동차 문을 쾅 닫고 법을 지키며 살아온 36년 세월의 힘으로 타이어를 걷어차면서 소리쳤다. "고약한······ 냄새를 풍기는······ 돼지 새끼들!" 그녀는 마침내 과격해져서, 백미러에 비치는 슬프고 친숙한 얼굴을 향해 고함을 질렀다. 얼굴이 그 어느 때보다 붉었다.

●

이 새로운 지식이 도대체 어떻게 유럽은. *시시하다.* 같은 말과 공존할 수 있을까? 공존하지 못할 것 같았다. 잠깐이라면 몰라도.

●

그래도 그는 평소처럼 거부하려 들지 않고, 착하게 굴려고 애썼다. "요즘······ 일은······ 잘 돼가니?" 아침 식탁에서 그가 이렇게 묻자 그녀는 최근 일부 서적상들과 법적으로 흥분했던 일, 자신이 곧 죽을 거라고 확신했던 일, 오이를 우린 물을 한 병이나 마신 일, 그러고는 바닥으로 아주 천천히 쓰러진 나머지 누가 구급차 좀 불러달라고 내내 외치면서 그 자리의 모든 사람에게 어쩔 수 없이 그 모습을 보여준 일을 떠올렸다. 지금 생각해보니 부끄러운 일이 아니었다. 그런 실수라고 해봤자 애당초 그녀에게 명성을 가져다준 그 슬픈 궤적의 복제품, 축소 모형에 불과하지 않은가. "아주, 아주 잘 되고 있어요." 그녀는 무방비한 가슴 앞에서 지킬 힘이 없는 양팔을 교차시키며 아버지에게 말했다.

●

"아기의 뇌에 생길 수 있는 모든 문제가 발생했습니다." 의사의 이 말을 듣고 그녀는 그 뇌 속에서 살게 되었다. 자신이 그것의 궤적을 따라간다고 생각하고, 아기가 이 소식을 결코 알지 못하리라는 사실이 무엇을 의미하는지 생각했다. 그 뇌의 사진은 완전한 추상화에 근접해서, 거의 아름답게 보였다. "뉴런들이 모두 고립된 주머니 같은 곳으로 옮겨갔기 때문에, 서로 대화를 나누는 일이 영영 없을 겁니다."

의사들은 이렇게 말했다. 열 마디쯤은 나눌지도 모르지. 어쩌면 우리가 누군지 아기가 알게 될지도 몰라. 방 안의 모든 사람이 피어나는 회색 구름 같은 형태를 응시했다. 방 안의 모든 사람이 자기 뇌도 보고 싶다는 비밀스러운 소망에 사로잡혔다. 각자 자신의 뇌에 있는 것들의 섬세한 그림자 덕분에 자기 것을 알아볼 수 있을 것 같았다. 저것 좀 봐, 8년간의 의대 생활이 저기 있어. 저것 좀 봐, 옛날에 본 〈프레이저〉의 내용이야.

•

신경과의사가 다른 의사들보다 돋보였다. 그녀의 피부는 석굴에서 물고기처럼 생긴 한 발로 균형을 잡고 선 성모처럼 부드러운 초록빛을 띠었다. 생각에 잠긴 그녀의 널찍한 이마에서는 바다의 빛이 반사되었다. 구성 면에서 클래식이 그녀의 14퍼센트를 차지하는 것 같았다. 공부할 때 들어야 할 것 같은 유형의 음악. 말을 할 때 그녀는 몇 문장마다 한 번씩 말을 멈추고 사과를 했다. "선생님 잘못이 아니잖아요." 여동생은 뺨으로 흘러내린 순은을 튕겨내며 계속 이렇게 말했다. 애당초 저 신경과의사가 뇌를 연구하게 만든 원인이 무엇이었든, 그것이 교육의 통로에 틈을 만들어 직류처럼 쏟아져 들어오고 있기 때문이었다. 의사가 고정된 자신의 자리에서 별처럼 쏟아져 들어왔다. 그리고 이렇게 말했다. "정말 죄송합니다."

•

만약 아기가 죽지 않는다 해도…… 의사들은 아기가 살아서 태어날 거라고 믿지 않았다. 만약 아기가 죽지 않는다 해도, 오래 살 수 있을 거라고 믿지 않았다. 만약 아기가 오래 산다 해도, 그것이 어떤 삶이 될지 그들은 알지 못했다. 아기는 감각만으로 살게 될 것이다. 손끝, 귀, 졸거나 완전히 깨어 있거나, 누가 살갗을 만지기만 하면 생겨나는 잔물결. 몸의 모든 가장자리를 따라 아기는 다른 상태로 전환되었다. 느린 깜박임과 거품과 흔들리는 작은 잎이 가득한 조수웅덩이[1] 자아, 아니 그것만이 아니라 스펀지

---

[1] 밀물 때 바위 웅덩이를 채운 바닷물이 썰물 때도 남아 있는 것.

같은 것. 하지만 목마른 것.

•

공유현실이라는 말이 늘어나고 또 늘어나서, 파란색 펠트 담요처럼 가장자리가 펄럭거리는 바람에 모두의 발을 한꺼번에 덮어주지 못했다. 사람들의 발은 모두 똑같은 추위를 피해 움츠러들었다. 널찍한 새틴으로 가장자리를 두른 담요를 상상해보라. 우리 모두 똑같은 것을 갖고 있지 않은가?

•

인간이란 무엇인가? 인간이란 무엇인가? 인간이란 무엇인가? 그녀가 인간임을 이해해준 고릴라가 죽은 날 그녀는 속으로 자문했다. 그게 문제였다. 고릴라 한 마리를 사람으로 인정해주면, 그 단어를 타고 홍수가 밀려와 어린 시절의 집이 창살이 있는 곳까지 휩쓸려간다.

•

"오하이오로 돌아와서 다시 이성애자가 됐네." 그녀

는 한숨을 내쉬었다. 그녀가 집에 돌아올 때마다, 퀘이커 스테이크 앤드 루브 체인점을 보자마자, 톰 페티의 첫 노래가 라디오에서 흘러나와 그녀의 청바지 지퍼를 건드리기 시작하자마자, 고속도로를 질주하다가 타이어가 거의 불이 붙을 만큼 달아오르자마자 항상 하는 소리였다.

●

십대 때 그녀는 주위의 아름다움에 대해 시를 써보려고 했지만, 주위가 너무 볼품없어서 금방 포기해버렸다. 여기 나무는 왜 이렇게 갈색이고, 왜 이렇게 발육부진일까? 도로 광고판에는 왜 **인심 좋은 슬롯머신**이라는 말이 적혀 있을까? 어머니는 왜 프레셔스 모먼트의 도자기 인형을 모으고, 새들의 노랫소리는 왜 **버-거 킹, 버-거 킹**처럼 들리고, 그녀는 왜 가장 고독한 순간에 자기도 모르게 인근 상해 전문 변호사의 광고 노래를 흥얼거리는가? 그 노래는 워낙 입에 잘 붙어서 거의 병으로 분류해도 될 것 같았다.

•

만약 떠나지 않았다면 자신 역시 약에 중독됐을지 모른다는 사실을 그녀는 깨달았다. 가을에 배수로에 점심 도시락 가방 색깔의 이파리들이 뭉쳐 있는 모습, 쌓인 눈이 아내처럼 필요 이상으로 너무 오랫동안 남아 있는 것이 문제였다. 곱셈표에 대한 그녀의 기억도. 곱셈표의 귀퉁이에는 모든 것을 집어삼키는 뚱뚱한 0이 있고, 혓바닥 중앙에서는 분필 맛이 났다.

•

그녀는 대신 인터넷 안으로 사라졌다. 자신이 최근까지도 얼마나 아슬아슬한 상태였는지 그녀는 미처 알지 못했다. 포털에 들어오니 남자들이 맨홀로 올라와 자신이 하마터면 과격파가 될 뻔했다고, 자신도 한번에 며칠씩 공통의 생각이 만들어낸 하수도를 헤매 다니며 입 안은 바싹 마르고 겨드랑이는 축축해졌다고 고백했다. 자신이 은은한 빛을 내며 돌연변이를 유발하는 슬러지에 노출되어 딱 알맞게, 알맞게 웃는 사람이 되었다고, 모든 것을 판별하는 세 번째 눈을 갖게 되었다고 고백했다.

도로변에 계속 광고판이 걸려 있었다. **멜리사에게 신장을. 랜디에게 신장을. 지니에게 신장을.** 그 아래에는 매직펜으로 필사적인 전화번호가 적혀 있었다. "엄마, 저 광고판들은 뭐예요?" 결국 그녀가 물었다.

"나도 처음 보는 거야." 어머니가 잡화점에서 산 안경 뒤에서 눈을 가늘게 뜨며 말했다. "틀림없이 사기 같은데."

"사기의 목적이 뭔데요?"

어머니는 한참 동안 말이 없었다. "신장을 가져가려는 거지." 마침내 어머니가 하느님이 직접 만드신 멍청이를 보듯 딸을 빤히 바라보며 부드럽게 말했다.

•

오바마케어에는 아기 DNA의 완전한 진유전체 시퀀

싱을 위한 지원금이 따로 마련되어 있었다. 그녀는 가장 고상한 기쁨과 가장 쩨쩨한 기쁨을 동시에 느꼈다. 아버지라면 그 말을 그런 어조로는 두 번 다시 말하지 못할 것이다. "너무 큰 기대는 하지 마세요. 이건 아주 긴 책의 한 페이지에서 한 단어의 잘못된 철자 하나를 찾아내는 작업과 같아요." 유전학 전문가가 그들에게 말했다. 그녀는 자신의 영역으로 그 유전학자가 들어온 것 같은 기분을 순간적으로 느꼈다. 그녀의 내면에서 동물적인 감각이 파르르 털을 세웠다. 무의식적인 제채기야. 그녀는 속으로 생각했다.

•

문제가 발생한 곳은 어느 웃자란 통로였다. 지금 아기에게 일어나고 있는 일이 멈추지도 않을 것이고 멈출 수도 없다는 뜻이었다. 아기의 팔과 다리와 머리와 심장에 거의 즐거움에 가까운 절대성 같은 것이 있었다. 아기는 엄마 배 속에서 활기찬 팔랑개비처럼 움직이며 자신이 준비되었음을 시시각각 알리고, 시시각각 이렇게 말했다. 이봐요, 나도 끼워줘요.

·

이런 활기와 이런 회전과 이런 고집 때문에 아기는
다른 누구보다 더 삶에 적합한 것 같았다. 아기는 바
로 삶 그 자체였으며, 뜻밖에도 당당하게 몸을 쭉 뻗
어 땅 위로 뛰어오르려고 했다. "난 저 애가 다른 아
기들보다 튼튼하다고 생각했어." 여동생이 말했다. 맞
는 말이었다. "저 애가 날 보호해준다고 생각했어." 여
동생이 말했다. 그렇지 않다고 누가 말할 수 있을까?

·

"우리는 _____에 대해 아는 것이 너무 없다!"

·

영어에서 최악의 문장을 들은 그들의 가슴속에서 두
려움이 고개를 들었다. 오하이오에 새 법률이 생겼
습니다. 그 법에 따르면 어떤 문제가 발생하든, 아기
의 머리가 얼마나 크든 상관없이 임신 37주 이전의
임신부에게 유도분만을 시도하는 것은 중범죄였다.
전에는 경범죄라서 부담이 훨씬 더 가벼웠다. 그 법
이 만들어진 지 이제 겨우 한 달이었다. 신생아처럼

갓 태어난 그 법이 누구 것인지 아무도 몰랐지만, 의
사들의 얼굴에서는 두려움이 알몸을 드러냈다.

●

내가 글을 써야겠어! 그녀는 흥분했다. 내가 이 모든
걸 완전히 폭로할 거야! 내가…… 내가…… 내가 이
걸 올릴 거야!

●

"법은 남자들이 만들죠." 그녀는 어머니에게 말했다.
"그런데 남자들은 여자들이 어디로 오줌을 누는지
몰라요." 전에 그녀는 자신이 어디로 오줌을 누는지
알아내려고 오후 내내 애를 쓴 적이 있었다. 클리니
크 프리 보너스 손거울과 그녀가 이제는 취할 수 없
는 충격적인 자세들이 동원되었다. 그걸 알아내기가
정말로 극심히 어려웠다.

●

"틀림없이 예외가 있을 거야." 아버지가 의견을 내놓
았다. 예외에 반대하는 십자군으로 평생을 보냈으면

서. 하얀 털이 숭숭 난 아버지의 손이 허리띠로 향했다. 아버지가 두려울 때 항상 하는 행동이었다. 아버지는 자신이 만든 세상에 살고 싶어하지 않았다. 하기야 따지고 보면 그러고 싶은 사람이 있을까?

•

아버지의 또 다른 말. "아주 마지막 순간까지 낙태를 해줄 거야…… 그 왜, *모체의 건강*이 있잖아." 아버지는 뒷부분을 말하면서 손가락으로 따옴표를 만들었다. 휠체어에 앉은 자기 딸을 바로 앞에 두고. 밤이 자주색을 띠는 때에 그 문장 때문에 깨어난 그녀는 협탁에서 핸드폰을 가져와 포털에 *경찰을 먹어라*라는 문장을 올리고, 좋아요가 69개 찍힐 때까지 기다렸다가 문장을 삭제했다. 이 유치한 행동이 자체적으로 심장을 갖고 있는 것처럼 보일 정도로 강력하게 배 속에서 몸부림치던 무력감을 가라앉혔다.

•

아기는 분홍색 종이에 인쇄된 정보였다. 아기는 그 소식을 알지 못했다. 아기는 발길질을 하며 밝은 관악기 소리에 숨 쉬는 시늉을 했다. '사과나무 아래 앉지 말아요'[I], 듀크와 엘라[II], 그 애는 미국인이고, 미국에 합류할 준비가 되었다는 걸 틀림없이 알 거예요! 엄마가 코카콜라 한 병을 마시자 아기가 미쳐버렸다.

●

병원 대기실에서 금방이라도 아기를 낳을 것 같은 여자가 꽃이 피어 있는 마당으로 나가 줄담배를 피우는 걸 보면 여동생은 가끔 탁한 벽돌색으로 달아올랐다. 그녀는 여동생의 기분을 풀어주려고, 임신부에게 헤로인을 하지 말라고 말하는 건 차별주의라나 하여튼 그런 것이라고 주장한 게시물에 대해 말해줄까 생각해보았다. 하하, 그 게시물이 이렇게 판결했어! 그녀는 그것을 기억해내는 것만으로도 웃음이 터져 나왔으나, 자신의 웃음소리를 듣자마자 입을 턱 다물었다. 그녀는 5년 전부터 장난으로 마녀

I 　제2차 세계대전 때 유명해진 노래로, 젊은 연인들이 남자가 군대에 가 있는 동안 서로 마음이 변치 말자고 맹세하는 내용이다.

II 　재즈 피아니스트 겸 작곡가 듀크 엘링턴과 재즈 가수 엘라 피츠제럴드.

처럼 웃기 시작했는데 이제는 그 버릇을 고칠 수 없었다.

●

"자녀는요?" 간호사가 그녀에게 물었다. 없어요. 머뭇거린 시간이 워낙 길어서 그동안 머리카락이 자란 것 같았다. 고양이가 있어요. 이름은 닥터 벗홀이에요.

●

그 몇 주 동안 거리에서 동물들이 그녀에게 다가와 부드러운 주둥이를 그녀의 손바닥에 댔다. 그러면 그녀는 항상 똑같은 말을 했다. 그것이 거짓말인지 아닌지 한 번도 고민하지 않고, 그 멍청한 동물들이 우리에게 기대하는 말을 했다. 개가 사람에게 달려와 손바닥에 얼굴을 비비며 애교를 떨면 사람들은 자동적으로 이렇게 말한다. 그래, 알아, 알아. 이것이 이 세상 외에 달리 무엇에 대한 말이겠는가?

●

밤에 그들은 복잡한 생각을 털어버리려고 〈강의 괴

물들〉이라는 프로그램을 보았다. 항상 푸른 눈의 영국인이 등장하는 프로그램이었다. 그가 어느 마을에 도착하는데, 그곳에서는 어부들이 점점 사라지고 있거나, 어디론가 끌려가거나, 성경에나 나오는 미지의 생물에게 내동댕이쳐져서 죽거나, 그 생물에게 잡아먹혔다. 영국인은 수면의 잔물결을 추적해서 때로 선사시대의 괴물 같은 것을 끌어올렸다. 또렷한 눈이 아가미처럼 달빛을 빨아들이는 듯한 그 생물을 보고 그는 아름답다고 말한 뒤 놓아주었다.

●

밤에 그들은 복잡한 생각을 털어버리려고 르브론 제임스의 경기를 보았다. 그의 발바닥은 천재였다. 그의 분홍색 손끝은 천재였다. 그의 손에 들어가면 농구공이 천재가 되었다. 그가 던진 공을 받아들이는 골대도 천재가 되었다. 그가 가르며 달리는 공기는 사람들이 참고 있는 호흡이었다. 아하, 아하, 아하, 유레카. 그는 그들이 알지 못하는 모든 것을 추월해 코트를 뛰어다녔다. 녹슨 도시가 휘어지지 않고 달을 향해 솟아올랐다. 온 세상이 그를 지켜보는 천재였다.

의사들의 전문가다운 얼굴들이 흥미를 품은 채 살아났다. 여동생 앞에서 그들은 태반, 제대혈, 산모의 혈액, 아기의 혈액을 앞으로 얼마만큼 가져갈 수 있는지를 놓고 서로 싸웠다. "이런 사례는 처음 봅니다." 유전학자가 거의 히스테리처럼 단언했다. "죽을 때까지 두 번 다시 이런 걸 볼 수 없을 거예요."

시끄러운 인간들 같으니. 그녀는 속으로 생각했다. 그들을 격퇴하는 주문처럼 머릿속에 떠오른 말이었다. 우리가 어떤 인생을 살든 그런 말 덕분에 이런 순간에 대비할 수 있다.

●

진유전체 검사에서 잘못된 철자가 발견되었다. 아주 긴 책에서 글자 하나가 빠져 있었다. 회의 탁자에 앉아 있는 가족들을 향해 장난감 총으로 듣도 보도 못한 말들이 발사되었다. 의사들이 한 말은 프로테우스 증후군, 의사들이 한 말은 *10억 명 중 한 명*, 그들이 진짜 하려던 말은 *엘리펀트맨*. 그녀는 째깍거리는 시

계 소리가 들리는 빅토리아 시대의 살풍경한 방을
떠올렸다. 그 영화의 찬란한 품위와 대사와 분장을
떠올렸다. 그 영화는 뭔가를 이해했음이 분명하지
만, 이건 이해하지 못했다. 포스터에 적혀 있던 말.
나−는−인−간−이−다!

위키피디아에 따르면, 엘리펀트맨은 삶의 마지막 순
간 다른 사람들처럼 잠들기 위해 머리를 바닥에 대
고 누웠다가 그 무게에 질식했다. 그러나 위키피디
아에서 이 부분, 마지막에 대한 설명은 항상 가장 의
심스러웠다.

·

아, 그녀는 유전학자에게 프로테우스가 누군지 설명
해보라고 말했다. 기적을 만들어내느라 거칠어진 그
두툼하고 저명한 손을 내밀어 손가락 사이로 빠져나
가 금방 사라져버리는 물의 변화를 손짓으로 표현해
보라고 말했다. 만약 그가 그렇게 한다면, 그녀는 있
는 힘을 다해 탁자를 탁 내려치면서 이렇게 말할 것
이다. "내가 누군지 알고 그런 말을 하는 거예요? 난

신화 소녀였어요.

•

엄마 배 속에서 이런 진단을 받은 것은 이 아기가 최초이자 유일한 사례였다. 이 방에 퍼진 흥분이 사과처럼 손에 잡힐 듯이 느껴졌다. 지식의 나무에 갑자기 오렌지가 열렸기 때문이었다. 의사들이 결국 그들을 재촉했다. "그래도 집에 가지 말고 이걸 좀 살펴보세요." 그것이 구세대와 신세대의 차이였다. 그녀는 뭔가를 살펴보지 않으니 차라리 죽음을 택할 사람이었다. 정말로 차라리 죽을 것이다.

•

"착한 사람에게 나쁜 일이 일어났을 때는 시뮬레이션이 3퍼센트 더 효율적이에요!" BaconFetus라는 이름의 사용자가 또 다른 프로테우스 사례에 대해 열렬한 토론이 벌어지던 포럼에 이렇게 썼다. 이 프로테우스 사례는 다리가 절단된 뒤 다시 자라난 여자의 경우였다. "밝은 쪽을 봐요." 누군가가 댓글을 달았다. "어이쿠! 다리가 더 생겼네! 이런 식으로."

＊

사람들이 마을 외곽의 소나무 창고로 갔어. 그녀는
여동생의 배를 향해 금관악기 연주를 들려주면서 아
기에게 이렇게 말했다. 사람들이 나이트클럽으로 가
서 야자수 사이에서 함께 늘어지더니 뒷주머니에서
은색 수통을 꺼냈어. 끔찍한 시대였어. 그녀는 아기
에게 이렇게 말했다. 최고의 연주자들은 흑인이었는
데, 짐크로 법[1]이 있었거든. 최고의 연주자들은 유대
인이었는데 제2차 세계대전이 일어났거든. 하지만
영원한 통금시간이 지난 뒤에도 관악기는 연주되었
어. 춤추고 싶은 사람이 있는 한 관악기 연주는 계속
되었어. 관악기들이 이렇게 말하는 것 같았지. 나 여
기 있어, 나 여기 있어.

＊

미술 치료사가 집에 나타나 식탁에 앉아서 펜과 색
분필과 수채화 물감을 풀어놓기 시작했다. 총구에
데이지 꽃송이를 꽂아 넣는 여자처럼 예쁘고 어울리

ㅣ 과거 미국 남부에서 제정된 인종차별법의 통칭.

지 않는 모습이었다. "미술?" 그녀는 이렇게 소리치고 싶었다. "예술이 여기에 도움이 될 것 같아, 이 망할 히피야?"

●

여동생이 한밤중에 그녀에게 단단히 매달렸다. 여동생의 배가 지구 중심부의 용암처럼 뜨겁고, 입에서 쏟아져 나오는 숨결은 사랑의 행성인 금성의 대기 같았다. 여동생이 말했다. "어쩌면…… 그 치료사가…… 이런저런 걸 알아내는 데…… 도움이 될지도 몰라."

●

여동생은 숫자에 대해 자주 말했다. 일이 올바르게 풀릴 때가 많고, 인간 복제가 *대체로* 일이 잘 풀리게 만드는 기계라고. 예를 들어 아기의 진유전체를 분석한 데이터가 광대한 폭포 같다는 점을 감안하면, 수은 방울들이 대체로 한데 모이고 새떼가 하나의 날개처럼 응집하게 만드는 모종의 중력이나 자석이 존재하지 않는다고 생각하기가 불가능했다. 숫자는 대체로 병들지 않고 건강을 유지했다.

•

기도를 해볼 수도 있었다. 하얀 잠옷을 입고, 무릎을 꿇고, 양손을 맞잡을 수도 있었다. 하지만 자신이 최근 포털에 *예수는 걸레고 밝히는 사람이다*라는 말을 올렸기 때문에, 자신의 기도를 위에서 들어줄 것 같지 않았다.

•

"내 눈에는 무엇도 좋게 보이지 않아." 작고 안온한 자동차 안에서 어머니가 속삭였다. 집을 나서자마자 두 사람은 여기서 서로 절제하며 속에 있던 것을 터뜨렸다. 어머니의 어깨가 운전대 위에서 다시 둥글게 움츠러든 모습이 할머니의 혹과 똑같아 보였다. 어젯밤 그들은 팝콘을 먹으며 슬라이드를 보았다. 따스하게 빛나는 1976년의 화면 속에서 당시 십대이던 어머니가 수영복 차림으로 카메라를 향해 걸어왔다. 예전에 여동생이 그랬던 것처럼 배가 홀쭉했다. 몸에 신시내티 벵골스의 모자와 티팬티만 걸치고 창가에 서 있던 그때.

•

일이 어떻게 되었느냐면, 그들이 아는 누군가가 있었다. 병원에 그들이 아는 누군가가 있어서, 두툼한 여동생의 서류가 크림처럼 맨 위로 올라갔다. 윤리위원회가 마침내 임신 35주 차의 조기분만을 승인하자, 비단 스카프를 머리에 두르고 로즈골드색의 마이클 코어스 시계를 찬 여성 의사, 어쩌면 이제 이 나라에서 활동이 금지되었을지도 모르는 의사, 언제든 중절을 언급하는 것이 금지되어 있는 의사, 우리가 대법원에서 지는 순간 아랫배에서 실제로 핑 소리가 나는 것처럼 느꼈을 의사, 그 의사가 실제로 울었다.

•

그녀는 포도처럼 어두운색의 정장을 입고, 머리를 뒤로 당겨서 묶고, 상원위원회에 나가 증언하는 여자들을 떠올렸다. 상원의원들의 얼굴은 언제나 그들을 향해 편안하게 닫혀 있었다. 연방 공휴일의 닫힌

문처럼. 저렇게 최악의 일을 당한 걸 보면, 저 여자들이 그럴 만한 짓을 저지른 거겠지. 거대한 이두박근이 움찔 움직이기 직전에 우리가 그 안에 들어가 있던 시대, 우리가 아직 사람이 아니던 시대에 대해 그들은 아무것도 몰랐다.

●

나이 많은 산부인과 의사가 임신부의 다리 사이에서 몸을 웅크린 채, 크고 호화로운 샌드위치를 먹는 모습을 담은 어두운 스톡 사진.

●

병원 벽에는 계속 추모 타일이 붙어 있었다. 가난한 사람들도 살 수 있을 만큼 값이 싼 물건이었음이 분명했다. 그녀는 실례한다는 말과 함께 대기실에서 복도로 살짝 나와 강박적으로 타일 사진을 찍었다. 형편없는 그림이 그려진 것이 많았다. 로널드 맥도널드의 엄지척…… 무엇에? 그녀는 부르르 떨었다. 무섭게 생긴 커다란 두꺼비 빅 빌리. 깃털 장식을 머리에 쓴 아기의 사진, 1971년 사망. 그때는 그런 장식을 써도 아직 괜찮을 때니까.

•

단어가 알아볼 수 없을 만큼 변하려면 처음 출발점
에서 얼마나 멀리까지 가야 할까? 최근 포털은 baby
라는 단어의 철자를 한바탕 돌렸다. babey, babby,
bhabie. 중세 영어도 비슷한 변화를 보였다. babe,
babee, babi. 하지만 어떤 변형에서도 그 의미는 빛
을 발한다. 아기 이불에 폭 싸인 채 영혼만큼 단단
하게.

•

대기실의 생아몬드, 그 다음에는 수술장에서 들려온
누군가의 비명, 그리고 '이제 나는 자려고 눕는다'에
서 나온 사진작가들이 모두 여동생과 제부 주위에
북적북적 모여들었다. 아기가 세상을 떠나기 전에
엄청난 흑백사진을 찍기 위해서였다. 하지만 아기는
죽지 않았다. 죽지 않았다. 촉촉한 봄날처럼 몸을 쭉
펼치고 살아 있었다.

"나는 아기가 태어나서 울음소리를 터뜨릴 거라고 믿습니다." 푸르른 동굴처럼 생긴 신경과의사가 전에 그들에게 이렇게 말했다. 모든 의사들 중에 유일하게.

포털 특유의 밀려드는 고통을 그녀는 기억했다. 포털에서는 이것만 빼고 모든 일이 일어나고 있었다. 하지만 지금은 그녀 머릿속에서 누군가 다른 사람이 글을 쓰고 있다는 과거의 확고한 믿음이 사라지고 없었다.

•

누가 아기를 품에 안겨주는 순간 *정신이란 무엇인가*에 대한 모든 걱정이 사라졌다. 정신은 단순히 세상에서 살아내려고 애쓰는 어떤 것이었다. 아기가 부드러운 분홍색 정글 칼처럼 휙 움직이며, 살아 있는 이파리들 사이로 길을 냈다. 길은 길이고 길이고 길이고 길이었다. 길은 사람이고 길은 정신이었다. 저벅저벅, 휙, 저벅저벅, 휙.

●

문어의 지능에 대한 기사를 절대 읽지 말걸. 이제 그녀는 아무 죄 없는 감자 사이의 검게 탄 문어 다리를 자를 때마다 속으로 이런 생각을 했다. 나는 지금 정신을 먹고 있어, 나는 지금 정신을 먹고 있어, 나는 지금 눈앞의 주제를 훌륭히 파악하는 것을 먹고 있어.

●

아기가 처음 엄마 젖을 먹던 날, 그녀는 그 모습을 기록하려고 여동생의 어깨 뒤에 있었다. 살균한 지퍼백에 핸드폰을 담았기 때문에, 그날 찍은 모든 사진이 천국의 광경 같았다. 옆에서 본 여동생의 목은 새들이 목욕할 수 있게 놓아둔 물처럼 매끈한 느낌으로 계속 솟아올랐다. 날개 달린 것, 분홍색 깜박임, 흐릿한 진홍색이 여동생의 수면 위에 내려앉아 물을 마셨다.

●

그녀는 대모로 지명되었다. 이 말을 들을 때마다 마법 지팡이가 물건들을 다른 것으로 바꿔버리는 모습이 보였다. 이마를 톡 건드리면(항상 이마였다!) 쥐처럼 생긴 윤곽선이 확 펴지면서 정적이고, 하얗고, 넓은 하늘이 되었다.

●

"아유, 잘하네." 간호사들이 작게 읊조리듯 말했다. 세례용 하얀 가운을 입은 아기가 인간들의 이 진지한 예식을 보며 눈에 웃음을 담고 있었다. 신부가 깨진 조개껍질로 물을 붓자 승려가 아기에게 흘러넘쳤다. 종교가 겁을 줄 수 없는 아기가 마침내 나타났으므로. 무슨 수를 써도 내세를 두려워하지 않을 아기가 나타났으므로.

●

그녀는 아기 때문에 너무나 흥분한 나머지 거의 견

딜 수 없을 지경이었다. 아기는 아주 잘하고 있었다. 아기는 **엄청났다.** 아기의 모든 세포가 천재였다. 농구공을 쥐면 무엇을 어떻게 해야 하는지 몸이 저절로 아는 남자와 똑같았다. 아기는 앞을 볼 수 없는데도 시선이 움직이고 또 움직였다. 그러다 곧바로 눈이 맑아지더니, 홍채가 있어야 할 자리에 드래곤의 비늘 같은 형광 방울들이 나타났다. 그래서? 그래서 뭐? 지상의 모든 사람이 그런 식으로 시선을 받고 잔치의 주인공이 되는 거겠지. 아기가 그 작은 팔을 흔들고 들어올릴 때처럼, 다른 사람들과 똑같이 숨을 쉴 때처럼. 익숙한 목소리를 들으려고 고개를 돌릴 때처럼. 새로운 소식. 새로운 소식.

•

이 일로 인해 그녀가 얼마나 깔끔하고 완벽하게 평범한 삶의 흐름에서 벗어나게 되었는지 놀라울 정도였다. 그녀는 이제 소독을 거친 반짝이는 도구였다. 응급 상황에 정확히 번쩍 나타나는 도구. 그녀는 뜨거운 병원 커피를 단번에 꿀꺽꿀꺽 마시고는, 〈ER〉의 조지 클루니처럼 "아아아아" 하는 소리를 냈다.

최근 세상의 시신경을 누르고 있는 종양을 이제부터 잘라내러 갈 것처럼. 그녀는 길 가는 사람들을 붙잡고 이렇게 말하고 싶었다. "이거 알아요? 꼭 알아야 돼요. 아무도 이런 이야기를 하지 않는단 말이에요!"

•

오케이. 아니, 그녀는 밤에 자기 방 문을 닫는 순간까지 반짝이는 도구였다. 문을 닫고 나면 그녀는 하얀 안개처럼 눈물을 흩뿌리며, 언어와는 백만 년쯤 떨어진 이상한 소리로 폭발했다. 이런저런 것들을 받아들이며 지난 2년을 보냈는데, 지금은…… 이게 뭐야, 젠장! 더 이상의 흡수는 이제 불가능했다! 하루 종일 그녀는 정보를 빨아들였지만, 가장 중요한 것에 대해서는 아무도 그들에게 말해주지 않았다. 그들이 그 아이와 얼마나 함께할 수 있는지, 넓게 퍼진 구름 같은 아기가 얼마나 살 수 있는지 아무도 그들에게 말해주지 않았다.

•

나풀거리는 뽀뽀를 천 번쯤 받는 것 같은 느낌, 그녀

가 그것을 얼마나 견딜 수 있을까? 닥터피시의 수조 안에 발을 넣은 채로 그녀는 고작 몇 분밖에 버티지 못하고 질겁해서 발을 빼내며 *이건 너무해, 얘들이 다른 사람들보다 더 나를 먹어치우고 있어*라고 말했다. 접수대의 여자는 그녀를 말리려고 애쓰면서, 곧 발이 무척 부드러워질 거라고, 조금만 참으면 처음 태어났을 때의 상태가 될 거라고 말했다. 하지만 그녀는 현금으로 값을 치르고 거기서 뛰쳐나왔다. 그렇게 1.5킬로미터 넘게 뛰어간 뒤에야 자신이 타는 듯 뜨거운 보도블록 위 어딘가에서 플립플롭을 잃어버렸음을 깨달았다.

•

솜털처럼 흐릿한 흑백 화면으로 아기를 보여주는 채널이 있었다. 마치 아기가 금방이라도 편의점에서 담배 한 갑을 훔칠 것처럼 보였다. 그들은 밤에 그 채널을 틀었다. 모두 각자의 침대에서. 예전에 그녀는 천사들이 바로 이런 일을 한다고 생각했다. 아기를 보여주는 채널을 보는 것. 만약 아기의 양말 한 짝이라도 벗겨지면 그들은 소리를 지를 테고, 그러면 하느님이 느닷없이 화면에 나타나 양말을 다시 신길 것이다.

•

파란색과 바닐라색으로 꾸며진 손님방은 거리에 면해 있었다. 구석에는 감자 보드카와 그녀가 십대 때부터 크리스마스에 여동생에게 준 모든 책이 있었다. 안개 같은 눈물이 그친 뒤, 아기를 보여주는 채널을 불안하게 확인한 뒤, 그녀는 따뜻한 보드카를 2.5센티미터쯤 물잔에 따라서 글을 읽기 시작했다. 침대에서 몸이 자꾸만 아래로, 아래로 미끄러져 마침내 문장들이 옷을 벗고 잠들었다. 책에 적혀 있지 않은 것이 너무나 많다는 사실이 마침내 더 이상 무섭지 않았다.

•

"보드카가 다 떨어지면 집에 갈까봐." 그녀는 혼잣말을 했다. 신데렐라와 반대되는 존재처럼, 하지만 자신에게 완벽히 잘 맞는 잔 속으로 여전히 미끄러져 들어가면서.

•

책 중에 하나는 섹스 일기였다. 9·11 이전 인터넷 글쓰기 특유의 선구적인 매력을 발산하는 책. 이 섹스 일기를 쓴 사람은 머리를 하나로 묶었고, 눈은 파란색 반짝이 같았으며, 어떤 금기에도 구애받지 않았다. 그녀의 글을 읽고 있으면 뉴햄프셔에 가고 싶다는 생각이 들었다. 그곳은 검은 얼음 속의 무한한 구멍이었으며, **24시간 영업**이라는 네온사인처럼 징징 울리는 소리를 냈다. 아침에는 커피 여러 잔, 오후에는 아드레날린을 연료로 삼은 이메일, 밤에는 혼자서 스리섬 준비.

이것이 그녀의 인생 전부인 것 같았지만, 사실은 인생에서 방 하나에 불과했다. 다른 방에는 그녀의 아들 울프가 있었다. 염색체 한 군데의 미세결손을 안고 태어난 아이. 현대라는 시대가 우리에게 허락해준 그 용서받을 수 없는 은밀한 순간을 즐기던 그녀는 몇 년마다 한 번씩 그 여자와 아들의 소식을 알아보았다. 무엇을 알고 싶어서? 울프는 아직 살아 있었다. 지난번에 확인했을 때 그는 그리스도교인이 되었고, 놀라운 자화상을 그렸으며, 끊임없이 날씨를 확인하고 있었다. "그러면 항상 안전하다는 느낌이 들어. 왜냐하면…… 내가 거기에 귀를 기울이지 않으면 앞으로 무슨 일이 벌어질지 내가 어떻게 알겠어?"

•

그녀는 그들의 소식을 다시 알아보았다. 자신도 어쩔 수 없었다. "아포칼립스에 대해 더 말해봐." 울프의 어머니가 어느 면담에서 아들에게 이렇게 물었다.

"만약 사람들이 주술과 사악한 영화라는 형태로 악마를 숭배한다면, 하느님이 이곳에 내려오셨을 때 지상을 태워버릴 거예요. 하지만 천국의 문 앞에서 우리는 안전할 거예요. 그곳 날씨는 화창하죠. 따뜻하고요. 하지만 우리는 지금처럼 날씨를 느끼지 못할 거예요. 지금의 이 몸이 아닐 테니까. 질병도 없고 뼈가 부러지지도 않죠. 우리는 그 따뜻한 온기 속을 걷는다기보다 날 듯이 움직일 거예요. 그래도 심장과 영혼은 그대로라서 사랑과 행복을 느끼겠지만, 지금처럼 사물을 만지거나 상심하지는 못해요. 모두

채식주의자가 될 테니 동물들은 자유로워질 거예요. 지상은 온전히 순수하고 다정한 새로운 곳이 되어 봄과 여름만 존재할 거예요. 대기오염도 없어요."

•

그녀가 임신한 꿈. 꿈에서 그녀는 내내 술을 마시고 담배를 피웠음을 깨닫고 두려움에 사로잡혔다. 담배 한 개비가 그녀의 손끝에서 종이학처럼 펼쳐지고, 잔 속의 얼음이 지진처럼 흔들렸다. 그때 단조로운 붉은 빛이 창문으로 들어와 그녀의 배를 비추자 속이 훤히 드러났다. 그녀의 몸속, 쿠션처럼 부드러운 바다에 아기가 있었다. 남들보다 커다란 머리와 개구리를 닮은 긴 팔다리가 위를 향하고, 세계 최고의 장미 같은 입술이 그녀에게 물었다. 거의 웃음을 터뜨리듯이. *왜 우리한테 이런 짓을 하는 거예요?*

•

밤에 자극적인 액체를 마신 것이 그녀를 구해주었지만, 동틀 무렵 그녀는 간수처럼 자신의 목덜미를 붙잡고 억지로 침대에서 몸을 끌어내며 고함을 질러야 했다. "아침이다, 해가 떴어!" 삶을 계속 이어가려면 최대한 빨리 병원으로 가야 했다. 손을 태울 것처럼 뜨거운 커피잔을 오른손에 꼭 쥔 채로 그녀는 어머니와 나란히 빨간 신호등을 통과해 질주하며 라디오에서 흘러나오는 토토의 '아프리카' 커버 곡을 들었다. 노래를 따라 부르지 않으려고 애를 썼지만 결국 무너져서 울부짖었다. **"비가 내리기를 축복해!"**

•

아기에게 이야기는 무슨 의미일까? 부드러운 목소리, 바깥의 모든 것이 여전히 계속된다는, 앞으로도 계속될 거라는 확신을 뜻했다. 삶을 지속시키는 피가 계속 돌고, 하루가 강줄기를 따라 계속 흐른다는 확신을 뜻했다. 이야기를 들려주는 목소리가 들려오면 아기는 푸른 눈동자를 굴렸다. 때로는 아무리 봐도 흥분했는지 몸을 부르르 떨면서, 그 자그마한 몸으로 자신을 압박해오는 것만큼 커지려고 애썼다. 그 둥근 머릿속에서 모든 것의 생기가 함께 진동하려고 애썼다.

·

"발작입니다." 의사가 이렇게 말하고는 페노바르비탈을 투입했다. 그녀는 갈매기처럼 코 너머로 그를 빤히 보았다. 만약 그가 그녀에게 성인聖人 100명의 이름을 대고 간질을 앓았던 신비주의자들을 버리라고 요구한다면, 그녀는 그렇게 할 수 있었다. A로 시작하는 이름부터.

·

소리 내어 책을 읽다 보니 어린 소녀가 죽어서 천국으로 올라가는 장면이 나왔다. 그 소녀는 "새들에게서 세상의 모든 소식을 들었다." 그녀는 성격상 어느 한 부분을 건너뛸 수 없는 사람이었으므로 계속 읽으면서 점점 목소리가 작아졌다. 나중에는 새들조차 전할 수 없을 만큼 작아졌지만, 아기는 아무것도 알아차리지 못했다.

·

그녀는 전생을 거의 기억하지 못했다. 보기 드문 푸른 공간을 날던 일, 표를 건네고 여권에 도장을 받던 일, 어딘가 다른 곳에 있는 것 같은 느낌이 화려하고 폭력적으로 파열되던 일. 자신이 움직이지 않을 때 무엇을 했는지는 더욱더 기억나지 않았다. 보이는 것이라고는 수첩을 든 자신, "세상에…… 토르의 망치가 존나 은유였어"라고 정성들여 쓰면서 믿을 수 없을 만큼 성취감을 느끼는 자신이었다.

●

하얀 병원 벽이라는 막을 통해 그녀는 밖에서 이어지는 삶의 박동을 느낄 수 있었다. 팟캐스트에서 *지진*이라는 말을 쓸 수 있는지를 놓고 벌어지는 엄청난 말싸움. 그녀는 하얀 벽에 한 손을 댔다. 거기서 느껴지는 심장박동이 강하고 활기차다 못해 심지어 건강했다. 하지만 그녀는 이제 그 몸속에 있지 않았다.

●

나는 당신과 같은 생각이었어요. 나도 한편이라는 생각이 들었죠. ……때까지는.

·

옆집 사람들은 기분과 계절에 맞춰 앞마당에 있는 콘크리트 거위를 장식했다. 비가 내릴 때는 노란 비옷, 부활절에는 색칠한 달걀 한 바구니, 경기가 열리는 날에는 소형 운동복. 그녀는 어느 날 아침 그것을 게시물로 올렸다. 그냥 자신이 아직 살아 있음을 사람들에게 알리기 위해서였다. 그랬더니 어떤 기자가 전화를 걸어 그녀를 인터뷰하고 싶다고 말했다. 그것을 소재로 기분 좋은 기사를 쓰면, 포털 사람들이 뉴스에서 시선을 돌릴 핑계가 생길 거라면서. "그 거위는 언제나 상황에 맞게 준비되어 있어요." 그녀는 한 손에 커피를 들고 병원 앞 흡연구역을 서성거리며 당당하게 말했다. "사람들의 달력에 나타날 수 있는 모든 날에 맞는 옷을 갖고 있죠." 하지만 기자가 그녀에게 지금 왜 오하이오에 있느냐고 물었을 때 그녀는 말문이 막혔다. 작고 귀여운 의상 같던 말이 모두 사라져버렸다. 이런 일이 있을 때는 거위에게 어떤 옷을 입혀야 하지?

•

신생아 중환자실 대기실의 텔레비전에서 독재자가 마침내 선을 넘었다는 보도가 나왔다. 다음 날 대기실 텔레비전에서 아니 그런 일은 없었으며 사실 이제는 선을 넘기가 불가능해졌다는 보도가 나왔다.

•

대단히 지역적인 위장복을 입은 아기 아버지 한 명이 텔레비전 채널을 뉴스에서 〈고대의 외계인들〉로 돌렸다. 낫을 든 사신死神이 죽음을 상징하게 된 것은 옥수수밭에서 중세 농부들에게 병균을 뿌리던 외계인들에게서 나왔다는 내용이었다. 그 남자는 텔레비전을 보았다. 그녀는 그 남자를 보았다. 그의 얼굴에 바늘이 있어서 '가능하다'에서 '그럴 법하다'로, '이 믿음을 위해 목숨도 바칠 수 있다'로 꾸준히 움직이는 것 같았다. 당혹스러웠지만, 곧 그의 딸의 몸에 연결된 기계가 정신없이 삑삑거리던 것이 기억났다.

•

중환자실에 있는 또 다른 아기의 이름은 '보'였다. 혼자 남겨두면 울고 사람들이 오면 웃었다. 간호사들이 매일 거울을 가져다주면, 보는 거울을 보며 깔깔 웃었다. 그러다 보니 그게 정말로 웃기게 보이기 시작했다. 어떻게 이런 일이 가능했을까 싶은, 그들이 모두 거기에 함께 있다는 사실. 보는 어디 있어? 보는 저기 있어. 아 저기 있구나.

●

보의 엄마는 아기에게 삽입된 영양 튜브를 치즈버거라고 불렀다. 그런 식으로 구는 것이 중요했다. 아기의 영양 튜브를 치즈버거라고 부르지 않는다면, 왠지 영양 튜브가 승자가 된다.

●

주말을 맞아 비행기로 날아온 그녀의 남편은 신생아 중환자실에서 한 시간 이상 버티지 못했다. "아기 문제가 얼마나 강력한지 전에는 전혀 몰랐어." 남편이 우울하게 말했다. 머리카락 선 근처에 새긴 **그만**이라는 글자가 보였다. "사람을 진정시키는 것, 바깥세상에 잘못된 점은 하나도 없는 것처럼 보이는 것. 한 방 가득 아기들이 있으면…… 절대 불가능하지."

•

"에이블리즘."[1] 이 개념을 처음으로 알게 된 남편이
말했다. "모비딕은…… 에이허브 선장에게…… 에이
블리즘 추종자였나?"

"아니." 그녀가 양손에 머리를 파묻고 말했다. "아니.
아니. 아니. 아니." 그런 주제를 남편은 항상 제대로
이해하지 못했다. 예를 들어 그는 누군가가 "메리 타
일러 무어[II]에게 못되게" 구는 것이 성차별주의라고
믿었다.

•

"내가 아는 건 이것뿐이야." 남편이 아기의 산소 수
치가 바다처럼 파란 98퍼센트까지 올라가게 본능적
으로 아기를 팔로 감싸 안으며 그녀에게 말했다. "당

---

[1] 비장애인 중심주의.

[II] 미국 영화배우. 커리어우먼 이미지로 대중에게 사랑받으며 1970년대 페미
니즘 운동에 영향을 끼쳤다.

신이 다시는 날 아빠라고 부를 수 없다는 것."

●

그녀의 사진들 중, 아기가 웃는 것처럼 보이는 사진
들 사이에 어떤 여자의 벌거벗은 엉덩이에 완벽한
저갈로[1] 그림이 그려진 사진이 있었다. "봐요. 이 아
름다운 얼굴을 봐요. 얼마나 *현명해요.*" 그녀는 그 여
자의 구멍 사진을 재빨리 위로 올리면서 전혀 모르
는 사람들, 낯선 사람들에게 이렇게 말하곤 했다.

●

심장이 커졌다. 고통스러웠다. 심장이 각자의 한계
에 부딪혔을 때, 심장은 최대한 멀리까지 경로를 따
르려고 했다. 모르는 척하려고 했다.

●

아기를 보고 있으면, 때로 문제가 전혀 없다는 생각,
문제가 생길 리 없다는 생각, 아기가 원래 이렇게 생

---

[1] juggalo. 미국의 호러코어 그룹 인세인 클라운 포시의 팬을 일컫는 말로, 이
들은 얼굴에 가면 같은 그림을 그리고 광대 같은 옷을 입는다.

긴 행성에 모두가 와 있다는 생각이 들었다. 그러다 아기를 안은 채로 다시 지구에 돌아와, 아픈 배를 부여잡았다. 작고 예쁜 아기의 몸이 갑자기 그녀의 배 밑바닥에서 깔쭉깔쭉한 직소퍼즐 조각들로 변한 탓이었다. 그녀는 그 조각들을 맞춰야 했다, 맞춰야 했다, 매 순간 계속 맞춰야 했다, 복통이 연달아 몰려와도 바다의 그림을 완성해야 했다.

●

우리가 삶에서 당연한 듯 기대할 수 있는 것이 무엇일까? 계약의 조건이 무엇일까? 그 정치가가 우리에게 뭘 약속했더라? 생명의 아름다운 집을 우리에게 구경시켜주던 부동산 중개인은? 우리가 소송을 제기할 수 있나? 소송을 걸어야지! 그걸 쾅 열어버릴 수 있나? 쾅 열어버려야지! 우리가…… 우리가 그걸 게시물로 올릴 수 있나?

●

땀을 뻘뻘 흘리며 당황한 얼굴로 아기를 안고 있는 아기 아버지. 그가 아기를 안아본 적이 있을까? 고작

5분 만에 꽁꽁 감싼 아기를 다시 그녀에게 넘겨주었다. "처형이 안으니까 아이가 아주 편안해 보이네요." 그가 말했다. "내가 안았을 때랑 다르게." 그녀는 그가 이어서 하고 싶은 말이 무엇인지 알고 있었다. '타고난 것 같은데요. 왜 진작 아기를……' 하지만 그는 그 말을 하지 않는 선물을 그녀에게 주었다. 이번에는. "자요, 아이가 뭘 좋아하는지 보여줄게요." 그녀는 아기 아버지에게 말하고는, 자신의 핸드폰을 아기의 귓가에 대고 '뮤직 포 에어포츠'를 틀어주었다. 음악이 공항 건물 한쪽 끝에서 반대편 끝까지 새처럼 쭉 날아갔다.

•

"그 애는 그냥 타고난 모습 그대로 있을 뿐이야." 그들은 서로에게 거듭 이렇게 말했다. 나머지는 그들에게 달린 문제였다. 뇌와 몸이 어때야 하는지에 대한 그들의 생각. 신경과의사가 처음 만난 그날 언젠가 저 아기가 셋까지 셀 수 있게 될지도 모른다고 부드럽게 말했을 때, 그녀는 하마터면 탁자를 뒤집어 엎을 뻔했다. 셋까지 셀 필요가 뭐가 있어? 셋까지 셀 줄 아는 우리가 어떻게 됐는지 봐. 지금 당신한테 경고하는 거야.

●

"아기를 데리고 신시내티 동물원에 갈 수도 있겠지." 그녀가 어둠 속에서 전구처럼 반짝 빛을 내며 말했다. "2인용 유모차에 아기를 태우고, 한쪽에 산소탱크를 놓는 거야. 그리고 사람들 사이로 유모차를 미는 거지. 코끼리 우리에 가면, 우리가 손가락으로 아기 손가락을 감고 꼭 쥐어줄 거야. 아기들이 엄마한테 어떻게 매달리는지 알려주려고."

"그래." 여동생이 말했다. 순간적으로 아직 젊은 본연의 모습으로 돌아간 것 같았다. 그러고는 여동생이 고개를 숙였는데, 그렇게 있는 시간이 너무 길어서 울음을 터뜨리려는 건가 싶었다. "하람비[1]를 애도할 수도 있고." 우리가 어떤 삶을 살고 있든, 그 삶 덕분에 이런 순간도 대비하게 된 것은 사실이다.

---

[1] 신시내티 동물원에 있던 고릴라. 2016년 우리 안으로 기어 들어온 세 살짜리 아이를 붙잡아 끌고 가다가 사살당해 논란의 주인공이 되었다.

●

아기가 사랑이 담겼다는 것을 빼면 아무런 내용이 없는 그들의 목소리를 알아듣는다는 커다란 선물. 끊임없이 쏟아져 들어오는 그 요소를 향해 아기가 획획 고개를 돌리는 모습, 인간이라는 햇살을 향해 팔다리에 힘을 주는 모습, 그 무엇에도 굴하지 않고 그곳까지 나아갈 것 같은 모습.

●

다르다, 그래, 다르다. 우리는 달라질 예정이었다. 미래가 우리에게 그것을 요구했으므로, 우리의 변화는 이미 진행 중이었다. 키스가 무엇인지도 모를 만큼 완전히 유별난 인간은 세상에 거의 없었다.

●

아기가 다른 다리 너머로 발차기를 하고, 다른 주먹 너머로 주먹질을 하고, 팔을 풍차처럼 돌리고, 계단을 오르듯이 허공을 올랐다. 제 뒤통수의 연한 색 머리카락을 한가로이 뽑았다. 상상도 해본 적이 없는 새로운 풍경에 맞게 움직이는 아기였다. 슝 발사되어 날아가는 법을, 공중을 날다가 다른 곳에 내려서 서 꽃을 따는 법을 가르쳐주는 아기였다.

하지만 미안한데, 아직은 아니야, 우리는 여기가 좋아.

●

"1년이 필요해." 여동생이 사납게 말했다. "1년이 필요 해." 다른 사람들은 독재자가 사라질 때까지 훌쩍 미 래로 건너뛰는 법, 다시 참을 만한 세상이 될 때까지 장미꽃으로 에워싸인 유리 상자에 들어가 잠드는 법 만을 아주 오래전부터 생각하고 있었는데.

●

그녀의 제부와 여동생은 아기방을 꾸미면서 늦은 분 홍색 시간을 보냈다. 하지만 어쩌면 아기가 그곳에 서 잠들 기회가 아예 없을 수도 있다는 점을 그들은 알고 있었다. 두 사람이 선택한 테마는 고요하고 우 아한 백조였다. 하지만 과거에 그녀가 직접 본 적이 있는 유일한 백조는 프라하의 카프카 박물관 밖에서 그녀를 빤히 바라보다가 공격했다. 강가까지 계속 그녀를 쫓아오면서, 아무렇게나 목을 쭉 빼고 소리를 질러댔다. 물론 그녀는 나중에 이해했다. 녀석의 둥지가 근처 어디에 있었나 보다고.

•

"아기가 호흡을 멈춘다면, 그건 그저 숨을 쉬어야 한다는 사실을 잊었기 때문이에요." 임신한 간호사가 그들에게 말했다. 아기가 중환자실에서 보내는 마지막 날이었다. "그런 일이 생기면, 아기 뺨을 아주 가볍게 찰싹 때리세요. 손톱을 살짝 꼬집어도 되고요." 사과나무 아래에 앉지 마, 그는 B 중대의 부기우기 나팔수였어.

•

그녀가 이 모든 것을 은유로 생각하기 시작한 것을 깨닫고 아주 세게 자신을 꼬집어야 했던 일, 인간의 내면 깊숙한 곳에 있는 어떤 것을 보여주었다.

•

그들은 아기의 귀한 머리에 분홍색 터번, 물방울무

늬 터번, 표범무늬 터번을 씌워주면서 가장 좋아했
다. 그러다 보니 아기가 점쟁이처럼, 100년을 살아
온 자그마한 독신 여성처럼 보였다. 터번 아래에서
그녀는 이미 모든 것을 보았기 때문에 갖게 된 회의
적인 시선으로 세상을 바라보았다.

·

하늘에서 번쩍거리며 *나는 안다*는 문장을 쓴 번개
나라의 즉각적인 시민.

그녀가 여동생의 집에서 나올 때쯤에는 이미 몇 달이 흘러서 또 다른 방식으로 세상과 접속이 차단된 느낌이 들었다. 우선 닥터 벗홀에게 더 이상 그녀가 필요하지 않았다. 녀석은 하루 내내 소파 아래에 숨어 제 몸을 핥았다. 심지어 고양이에게도 자아는 모든 것을 뛰어넘는 진미였다.

•

"당신이 집을 비운 지가 너무 오래돼서 바브라 스트라이샌드가 섹시해 보일 정도야." 돌아온 그녀의 목에 얼굴을 묻은 남편이 이렇게 말했다.

•

하지만 그는 *다른 사람과 나란히 누워 자는 법을 잊어
버렸다*고 그녀에게 알렸다. 그래서 한밤중에 갑자기
폭발적인 영감을 얻어, 침대를 하나 새로 사서 원래
침대 옆에 나란히 놓았다. "여보, 침대 사이즈를 잘못
주문한 것 같은데." 그녀가 남편에게 말했다. "아기
침대 같잖아." "아기 침대가 *아니야*. 어른 침대야." 남
편이 열렬히 말했다. 하지만 나중에 잠에서 깬 그녀
가 그를 향해 손을 뻗었을 때, 그가 고아에게나 어울
릴 것 같은 작은 공간에서 뒤척이는 것이 보였다. 이
불이 그의 몸을 완전히 덮어주지 못해서, 평평한 지
구의 가장자리 너머에서 발이 대롱거리고 있었다.

•

여름이 아직도 징처럼 세게 울리면서 반향을 일으켰
다. 소용돌이 모양 장식 같은 뜨거운 바람이 그녀에
게 메시지를 전해주었다. 눈앞에 보이는 모든 것, 풍
경 전체가 가을이 오기 전에, 올해가 허연 입김을 내

뽑기 전에 수확해야 할 황금빛 벌판이었다. 그녀는
양팔을 넓게 벌렸다. 아기가 있던 곳을 누가 칼로 베
어 노출시킨 것 같은 느낌이었다. 긴장하지 않았을
때 자신의 목소리에서는 여전히 인간이라는 햇살,
상냥함이 흘러나오는 것 같았다. *어딘가를 향해서.*

●

하지만 바깥세상을 향한 초대가 잠시 끊어졌다. 학
교의 학기도 끝났고, 유럽 전체가 휴식 중이었으며,
그녀는 이제 어떤 분야에서든 전문가가 아니었다.
현재 상황에 대해서는 말할 것도 없었다.

●

키보드를 장식한 다나카 다쓰야[1]의 장례식 디오라
마, 검은 옷을 입은 축소모형 인간들이 고개를 숙이
고 있고, 덧셈 기호의 관 위에 꽃이 핀 화관이 놓여
있었다.

| 일본의 미니어처 아티스트.

．

2014년 판 〈엘리펀트맨〉 공연에 출연한 인기 배우의 사진. 그는 보형물 없이 상반신을 비틀고 괴상한 표정을 짓는 것만으로 주인공을 연기했다. 이건 시험이야. 그녀는 이렇게 생각하며 너무 재밌어서 웃음이 나거나 걷잡을 수 없이 화가 나기를 기다렸다. 그러나 아무 감정도 느껴지지 않았다. 저 배우가 연기를 상당히 잘하는 것 같네. 결국 그녀는 이렇게 결론지었다. 저 배우의 엄마는 아들이 아주 자랑스럽겠어. 사실 그녀는 요즘 사람들을 마주칠 때 대부분 이런 생각을 했다.

．

그녀는 그런 것을 보고 웃음을 터뜨리는 능력을 잃어버린 걸까? 이 연극에 대한 〈뉴욕타임스〉의 비평은 그 배우의 연기에 대한 평가로 끝났다. "그는, 마땅히 그래야 하듯이, 그 공간 안의 코끼리다." 아하하하…… 아하하하하하하하하! 그래, 웃을 수 있는 능력은 고스란히 남아 있었다.

●

그녀는 포털에 완전히 재진입하려고 시도했지만, 그 안에서 모두가 엄청난 논쟁을 벌이고 있었다. 주제는 자기들이 '깜'으로 시작하는 인종차별 단어를 생각한 적이 있는지 여부였는데, 어떤 사람들은 책에서 그 단어를 보면 머릿속에서 그 단어를 지워버린다고 고백했다. 그녀는 아무 말 없이 다시 뒷걸음쳐 나왔다.

●

그녀가 아기에게 알려주고 싶었던 것들이 하찮게, 아주 하찮게 보였다. 휴가 때 식품점에 가는 기분, 새벽 3시에 자다가 깨는 기분, 손끝으로 자신의 인생 전부를 훑어보는 기분, 처음 만든 도서관 카드, 새 립스틱, 친구 결혼식에 갈 때 빌린 구두를 신은 탓에 두 달 동안 발가락의 감각이 사라지는 것, 목요일, 10월, 치과에 갔을 때 들려오던 노래 '그녀는 바람 같아', 살인자처럼 보이는 운전면허증 사진, 화장실에서 볼일을 본 뒤 수영복을 다시 입는 일, 소리를 내려고 심벌즈를 건드렸다가 침묵을 위해 다시 심벌

즈를 건드리는 일, 냉장 박스로 하는 소꿉놀이, 성냥
불이 지문에 닿을 때까지 끄지 않는 것, 스크래블 게
임 중 가방 속에 한 손을 넣었다가 꺼낸 I I I O U E
A,《빌레트》의 마지막 장면으로 달음질치는 시선(백
치 부분은 건너뛰자, 애야), 자동차 여행 중에 본 햄버
거 포장지, 과수원에 묵직하게 달린 빨간 사과를 비
틀어 따기, 생각날 듯 생각나지 않는 단어, 포털, 아
니 그냥 딱 1분만.

●

《신화의 힘》에서 조지프 캠벨은 하와이의 자기 집에
서 코코넛 나무를 타고 오르던 덩굴 식물에 대해 이
야기하면서 지나치게 긴 손톱을 튕긴다. 그 덩굴 식
물이 어디로 가서 이파리를 돌려야 하는지 아는 것
같다고, 일종의 의식을 갖고 있는 것 같다고. "온 세
상이 의식을 갖고 있다는 느낌이 점점 강해진다."
"이것은 지구의 눈이고, 이것은 지구의 목소리다."

●

만약 그 모든 것이 생각에 잠겨 있는 거라면, 머리

역할을 하는 것은 무엇인가?

•

그곳을 잠시 떠났다가 돌아왔을 때 이제는 그곳에 어울리지 않는다는 느낌이 든다면, 그곳은 무엇인가? 뇌? 언어? 장소? 시대? 아, 나의 정보! 아, 내게 필요한 줄도 몰랐던 그 모든 것!

•

이제 멀리 있는 여동생이 문자를 보냈다. **아이가 생전 처음으로 빗소리를 듣고 있는 것 같아.** 이제는 거칠고 따뜻해진 모든 것의 첫눈. 빗속의 목요일. 빗속의 10월. 묵직한 빨간색 사과를 비틀기. 생각날 듯 생각나지 않는 단어. 초록색 유리 알갱이 하나하나. 그리고 이 모든 것이 다 사라질 때까지.

•

글을 읽을 준비가 된 눈은 이미지도 읽을 것이다. caucasianblink.gif! 따라서 그녀의 눈은 여동생이 보내준 아기의 모습을 왼쪽에서 오른쪽으로 읽었다.

가장 먼저 보인 것은 욕조 속의 발가락, 그 누구도 쓰지 않을 것 같은 러시아 소설, 인간의 경험을 샅샅이 다룬 대하소설, 확대, 확대, 확대. 그 아름다운 눈이, 그래, 점점 커졌다.

●

아기의 눈꺼풀을 봉합하는 수술 제안. 그들은 아기의 의사소통 대부분이 눈을 크게 뜨는 것으로 이루어진다고 믿으며 신기해했기 때문에 고통스러웠다. 그러나 수술 당일 아침 마취과의사가 돌고래처럼 파랗고 깊은 눈에 불을 비추고, 파도가 끌리는 것 같은 숨소리에 귀를 기울이더니 하지 않겠다고 말했다. 이 아이가 자기 딸이라면 하지 않을 거라고.

●

그들은 꿈을 꿨다. 모두 아기가 나오는 꿈을 꿨다. 꿈속에서 아기는 기고, 포도를 먹고, 자장가를 불렀다. 꿈속에서 아기는 과도성장증후군 때문에 다른 사람들을 총알처럼 추월해서 아주 강해졌다. 아기는 독창적인 바퀴, 보조기, 최고급 장치를 이용해서 움직였다. 고개를 높이 들고, 다른 사람들처럼 잠들었다. 무엇보다도 아기는 다른 세계의 것 같은 고음의 목소리로 그들에게 말을 걸었다.

"나는 아주 발전된 생명체예요." 아기가 어느 날 밤 이렇게 선언했다. "곧 돌아가야 해요…… 9·11 행성으로."

●

황금 시계 속에서 시간이 익어갔다. 호박 피라미드와 붉은 오렌지색 꽃들이 채워진 대야가 식품점 앞에 나타나기 시작하고, 10월이 영혼들에게 지상으로 돌아오라는 초대장을 발송했다. 전에 아기가 결코 병원 문을 나서지 못할 것처럼 보였을 때, 여동생 부부는 아기에게 입힐 계절별 옷들을 병원에 한 무더기 쌓아놓았다. 하루가 1년, 겨울여름봄가을.

●

"내가 널 데리고 있어도 되니?" 어떤 여자가 길가의 벤치에서 아들의 기저귀를 갈아주며 말했다. 아들만을 위해 만들어진 그 질문은 벌써 여러 번 사용한 담요처럼 부들부들했다. "내가 널 데리고 있어도 되니? 아주 잠깐 동안만?"

•

우리에게 남은 시간이 12년밖에 되지 않는다는 말이 나왔을 때, 마치 꽃들이 다급히 피어나는 것 같았다. 사람들은 어디서나 그것을 느꼈다. 가족들과 엽서에 나오는 곳, 빨리 돌아가는 진열대의 엽서에 찍힌 모든 산, 들판, 숲으로 여름 여행을 갈 계획을 세웠다. 포털에서 소설가들은 독특한 에너지의 물결을 타고 떠오르기 시작했다. 지금은 그들의 순간이었다. 그들이 모든 것에 작별을 고할 것이다! 그들이 모든 것에 마지막 작별을 고할 것이다!

•

한편 아기의 지구에서는 날씨가 점점 더워졌다. 빙산이 녹고, 해수면이 상승하고, 영구동토층이 갈라져 선사시대가 드러나고, 그레이트배리어리프의 여러 부분들이 하나씩 차례로 하얗게 사라져갔다. 이런 상황에서도 아기의 지구에서는 사람이라는 존재들이 계속 말하고, 만지고, 그림을 그리며 살아갔다.

•

바다가 오랫동안 열병을 앓는다고 생각해봐... ㅋㅋ

병도 없고 부러진 뼈도 없이

우리는 걷기보다 그 따뜻한 공기 속을 날아다닐 거야

•

아기가 생후 14주가 되었을 때 그들은 아기를 데리고 디즈니월드에 갔다. 그것이 미국에서 으레 하는 일이었기 때문에. 그녀는 알지 못하는 캐릭터들 사이를 차분히 움직이고, 불꽃놀이를 감수하고, 문간처럼 보이는 문간을 통과해 집처럼 보이는 집으로 들어갔다. 밴드 98 디그리스가 엡콧의 중앙무대에서 연주를 시작했을 때만 잠시 걸음을 멈추고 절대적인 황홀경을 표현했다. 아기도 듣고, 그녀도 듣고, 아기

아버지는 아기와 함께 춤추기 시작하고, 그녀의 눈은 카메라가 파란 곳으로, 우주에서 가장 깊은 암초 속으로 풍덩 뛰어드는 다큐멘터리 〈행성 지구〉처럼 휘둥그레졌다. 98 디그리스 존나 좋아, 아기 어머니가 소리쳤다. 이것은 그들에게 청춘의 음악, 심장이 새빨간 희망이던 때의 음악이었다. 그들은 가사를 모두 외웠고, 밴드의 이름은 인간의 체온에서 따온 것이었으며, 아기는 춤을 췄다. 아빠의 품에서 춤추고 있었다.

●

아기는 혼티드 맨션의 어둠 속을 침착하게 통과하며, 세례식 때와 똑같이 참을성 있는 시선으로 그 안에서 나타나는 것들을 바라보았다. 걱정 마세요라고 아기가 제 엄마와 아빠를 안심시키는 것 같았다. 두 사람은 롤러코스터처럼 생긴 차 안에서 자기들 사이에 아기를 어린 여왕처럼 앉혀두었다. 세상은 이렇지 않을 거야, 전혀 이렇지 않을 거야. 이건 형식일 뿐이야. 그녀는 그들에게 열심히 말했다. 머리 위에서는 카메라가 "타락하기 쉬운 인간적인 상태"인 그들의 모습을 사진으로 찍었다. 라이드가 끝난 뒤 모두가 그 사진을 보며 함께 웃음을 터뜨릴 것이다. 하지만 여러분에게 정말로 필요한 일이라면, 내가 하얀 레이스 드레스를 입고 여러분에게 갈게요.

•

야간 여객선에서 한 십대 소년이 그녀의 어깨 위로 제 핸드폰을 살짝 올려 특수 유모차에 앉은 아기 사진을 찍었다. 비록 당황스러운 모습이기는 해도, 얘가 다른 아기들과 그렇게 달라 보이지는 않을 텐데. 소년이 사진을 찍은 것은 아기가 사랑스럽고 어리기 때문이었다. 설마 그 사진을 올리려는 건 아니겠지?

•

"사람들이 아기를 보고 겁을 먹는 게 싫어." 처음 진단이 나왔을 때 여동생은 이렇게 말했다. 하지만 아기가 태어나 함께 있는 지금은 온 가족이 세상 전체가 양쪽에서 높게 솟아오를지도 모른다는 두려움을 안고 파도를 뚫고 나아가며 도전적으로 세상을 바라보는 거대한 푸른 바다가 되어 있었다. 그들이 원하는 것은…… 뭐지? 태양의 얼굴을 잡고 억지로 끌어 내리는 것. 이 아이를 봐! 보라고! 이 아이를 비춰! 비춰! 비춰!

●

올랜도에서 집까지 비행기로 날아오는 동안 둥근 무 지개가 그녀를 따라왔다. 창밖을 볼 때마다 무지개 가 구름 위에서 빠르게 움직이고 있었다. 구름이 아 기의 피부, 발바닥, 손바닥에 나타나기 시작한 조밀 하고 몽글몽글한 무늬와 똑같이 생겨서, 아기의 손 가락과 발자국은 날씨인 것 같았다. 땅에 내렸을 때 그녀는 답을 얻었다. 그 둥근 무지개는 사실 **영광**이 라고 불린다는 것을.

●

여동생이 상원의원에게 보낼 편지를 공들여 작성하 며, 너무 강렬하게 보이는 구절들을 전부 지웠다. 그 녀는 이렇게 썼다.

항상 훌륭한 시민이 되려고 노력했습니다

건강한 음식을 먹고 운동도 했습니다

의사들은 이것이 전혀 우리 잘못이 아니라고 말했습니다

제가 언제 다시 일터로 돌아갈 수 있을지 모르겠습니다

천문학적인 비용 때문에 보험금 지급이 언제 거절될지 모릅니다

이 아이는 우리 인생의 등불입니다

그리고 마침내 이렇게 물었다. "이거 너무 정치적으로 들려?"

•

아기는 미국인인가? 만약 그렇다면, 아기 몸의 분자들을 키운 것이 이 흙이기 때문인가, 불가능한 포부의 나라에서 아기가 불가능한 포부를 품고 있기 때

문인가, 이 나라가 아주 굳건하게 아기를 돌보는 것을 거부해왔기 때문인가?

상원의원에게 보내는 편지, 도움과 야간 간호사와 주간 간호사와 새 출발과 모든 여성의 온전한 출산 관련 권리와 보건체제 전체의 철저한 조사와 새로운 시간표와 그 밖의 모든 것, 모든 것, 모든 것을 간청하는 편지, 상원의원에게 보내는 그 편지는 끝내 발송되지 않았다. 그걸 어떻게 발송할 수 있겠는가? 모든 시간이 아기로 가득 차 있는데.

•

"내가 그 애를 위해 해줄 수 있는 일이 있어." 그녀는 남편에게 설명하려고 했다. 최근 〈나이트라인〉에서 위험하다는 사실이 폭로된 그 98달러짜리 낡은 비행기를 타고 왜 자꾸 오하이오로 가느냐는 남편의 질문에 대한 답이었다. "1분의 의미가 그 애한테는 커. 우리한테 1분이 의미하는 것보다 더 크다고. 그 애가 앞으로 얼마나 살지는 모르지만, 내가 그 애한테 시간을 줄 수 있어. 나의 몇 분을 그 애한테 줄 수 있어." 그러고는 거의 성난 목소리로 말을 이었다. "내가 전에는 그 시간으로 뭘 했지?"

●

아기와 함께하는 생활의 날것 같은 느낌은 여행의 날것 같은 느낌과 비슷했다. 선명한 파란색 신경 앞에 사람을 활짝 노출시킨다는 점에서. 우리는 미지의 거리로 쏟아지는 오감이었다. 우리는 그 지역 성모상을 지나 흘러오며 찰싹거리는 신발 소리와 뜨거운 종이 같은 손바닥이었다. 헬싱키에 있는 어느 중고품 가게를 도저히 잊을 수 없게 하는 것, 어느 가죽 코트 안감에 묻은 수십 년 동안의 외국 냄새. 클리블랜드 어느 커피숍에서 반복적으로 흘러나오던 '데저트 아일랜드 디스크'. 그 커피숍 주인은 해독 기능이 있는 숯 라테를 한 잔 더 주문하려는 그녀에게 "몸에서 피임약 기운을 몰아내 임신하게 만들 것"이라면서 말렸다. 다른 도시들의 다리, 그녀는 우중충한 초록색 강물이 무지개 목의 오리들을 띄우는 모습을 지켜보고, 자신과 그날 하루 사이에 자유롭고 무서운 교감이 이루어질 때까지 에스프레소를 마셨다. 그녀는 열려 있었다. 활짝 열려서 무엇이든 쏟아져 들어올 수 있었다.

●

그녀는 명절을 보내려고 여동생의 집으로 갔다. 8킬로그램짜리 칠면조를 힘들게 오븐에 넣은 뒤, 소파로 뛰어가 모니터를 확인했다. 거품이 이는 백포도주 여러 잔을 고기에 끼얹은 뒤, 소파로 뛰어가 칠면조 대신 아기를 안았다. 가을 칵테일이라는 것을 만들려고 샴페인 잔에 타임 잔가지와 얇게 저민 복숭아를 넣었다. 죽는 한이 있어도 제대로 명절 분위기를 내고 싶었다! 해질녘에 마침내 모두 식탁에 앉았다. 아기도 옆에 있었다. 그들은 식탁 중앙의 꽃을 보고, 초록색 풀과 금잔화 색 숫자들과 심장박동과 산소 수치를 보고, 풍요라는 단어를 생각했다.

●

벤 프랭클린 칠면조 신화. 그는 칠면조를 나라의

상징으로 옹호하지 않았다. 전기 실험에 칠면조를
이용했다

●

한 시간 동안 발작하는 아기를 안고 있을 때 보기에
는 홀마크 채널이 이상적이었다. 방금 그곳에서 명
절 프로그램이 방영되기 시작했다. 홀마크 영화의
플롯은 한결같이 '도시의 못된 여자가 트럭과 키스
하는 법을 배운다…… 크리스마스에'였다. 도시의
못된 여자들은 정확히 서른일곱 살이었다. 크리스마
스 기분에 취해 눈을 크게 뜨고 있었다. 결국 그들은
마침내 꼭 필요한 교훈을 알게 된 것에 기뻐하며, 고
향에 영원히 남아 행복한 가정을 이루게 되었다.

●

"만져줘!" 아기는 항상 이렇게 요구했다. "만져줘, 난
어둠 속에 있어!"

●

여동생의 집에는 24시간 내내 그들에게 귀를 기울

이며, 혹시 그들이 서로를 살해할 때를 대비해서 그들의 대화를 꼼꼼히 기록해두는 로봇이 있었다. 아무렇게나 내뱉은 몇 달치 말들이 어느 창고 안에 영원히 갇혀서 계속 흐느낄 것이다. *어떡해, 어떡하면 좋아.* 아기의 숨소리와 기계가 삑삑거리는 소리가 항상 그 바탕에 깔리고, 여동생이 일상적인 질문을 던지는 소리에 가끔 분위기가 밝아졌다. *알렉사, 케빈 하트의 키가 얼마지?*

알렉사, 클래식 음악을 틀어줘!

•

작년 이맘 때 그들은 〈호두까기 인형〉을 보러 갔다. 그날 밤 침대에서 눈을 감았을 때에도 발레 장면들이 계속 춤을 췄다. 발레리나는 안전하고 거친 손에 자꾸만 붙잡혔다. 음악에는 베개 싸움 같은 분위기가 가득했지만, 그 위에는 발가락 부분이 바닥에 부딪히는 소리가 얹혀 있었다. 그 보잘것없고 인간적인 쿵쿵 소리가 무대 위의 장면들을 참을 수 없을 만큼 아름답게 다듬어주어서, 그녀 앞좌석의 남자는 완전히 심취한 나머지 "브라바!"라고 외쳐댔다. 어쩌면 이건 내세인지도 몰라. 그녀는 속으로 생각했다. 눈을 감았는데 발레는 계속된다. 발레 그 자체인 몸들이 계속 회전하고, 눈처럼 하얗고 커다란 나무들이 천장에서 땅으로 내려온다.

•

크리스마스이브에 그녀는 급커브 우회전을 해서, 옛날 증조모가 앞마당 말뚝에 자기 아들을 묶어두었던 농가를 지나갔다. 덧창은 장례식처럼 새까만 색이어서 남편을 잃은 여자의 상복 같았다. 직사각형 창문은 무정한 유리였다. 그녀는 그 앞을 지나가며 자신의 과거를 보고, 증조모의 아들이 자유롭게 움직일 수 있었던 반경을 의미하는 죽음의 원과 짓밟힌 풀을 보았다. 그는 그곳에 몇 시간이고 계속 앉아서 자신이 할 수 있는 유일한 일을 했다. 그냥 눈에 보이는 것을 보는 일.

•

이제 이동은 완전히 불가능했다. 심지어 아기를 차

에 태울 수도 없었다. 여동생은 자유를 빼앗겼다. 깔
끔하고 완전하게. 잠도 못 자고 샤워도 못 했다. 그녀
의 심장박동은 모니터에서 나는 소리였다. 여동생은
아기에게 묶여 있었다. 알고 보니 아기는 무엇보다
잎이 우거진 그늘이었고, 그녀의 머리 위로 거의 천
국까지 우뚝 솟아서 작은 새들의 움직임에 흔들렸다.

•

여동생을 지켜보는 것은 성자를 지켜보는 것과 닮았
다. 성자의 몸을 가득 채운 깨끗한 개울을 지켜보는
것과 비슷했다. 그 물은 말하고, 웃고, 운반하고, 들
어 올렸으며, 짜증스러운 소리를 단 한 번도 내지 않
았다. "어떻게?" 그녀는 여동생에게 이렇게 물었다.
그러자 여동생이 물처럼 그녀를 빤히 보며 말했다.
"완벽한 행복이지."

•

세상에, 우리가 말하는 게 무슨 사이비종교 신자 같
잖아. 그녀는 속으로 생각했다. 그렇게 들리는 게 당
연했다! 점성술, 수정구, 예수의 머리카락이 되살아

날 때, 묵시록이 믿을 수 없는 석양을 불러내기 시작할 때, 신스 음악이 어쩌면 살아남을 수 있는 새로운 종류의 심장처럼 사운드트랙에 나타날 때, 방금 문을 통해 돌풍이 불어온 것처럼 사람들의 얼굴에서 불꽃이 높게 뛰어오를 때, 그때, 그때! 그때는 사이비종교를 위한 때이기도 했다.

•

"들었어?" 남편이 전화기 속에서 소리쳤다. 뒤에서 신문지 부스럭거리는 소리가 들렸다. "마이크로웨이브 선으로 단어를 사람의 머릿속에 쏘아보낼 수 있다는 얘기 들었어?"

"무슨 단어?"

"무슨 단어든."

"그 단어가 얼마나 남아 있는데?"

"그건 아직 모르지." 그는 악몽 수준으로 목소리를 팍 낮추며 말했다. "영원히 남아 있을지도."

어쩌면 그렇게 된 건지도 몰라. 그녀는 속으로 생각했다. 누군가가 아이의 이름을 그녀 안으로, 그녀 몸 한복판의 깊숙한 곳에 있는 과녁에 쏘아 명중시킨 건지도 모른다. 그래서 그녀가 다시는 다른 것을 생각할 수 없게 된 건지도 모른다. 아니, 심지어 이름조차 아닐 수도 있었다. 그냥, *사랑. 사랑. 사랑.*

•

아기가 숨을 쉬려고 안간힘을 쓸 때, 아기의 기도가 점점 좁아지고 있음이 분명해졌을 때, 머리가 좌우로 움직일 수도 없을 만큼 너무 무거워졌을 때, 그들은 아기가 일종의 계몽, 일종의 황금시대를 경험하고 있음을 서서히 깨달았다. 아기는 구슬과 딸랑이를 움켜쥐었다. 사람이 말을 걸면 키득거리는 소리와 비슷하게 목구멍으로 꼴록꼴록 소리를 내서 귀엽게 화답했다. 어른들이 리틀 터치라는 게임을 할 때면 아기는 자기 몸 여기저기에 입을 맞추는 어른들의 움직임을 눈으로 전부 따라다녔다. 그 어떤 지식과 달리, 황폐한 회색 미래 앞에서도, 아기는 학습하고 있었다. 아기는 배울 수 있었다.

•

"애가 발작을 알아차리기 직전에 나는 알아차린다. 아이가 시선을 들어 누구의 눈에도 보이지 않는 어떤 것을 보기 때문이다." 한 여자가 자기 딸의 간질에 대해 포털에 이렇게 썼다. "발작 전에, 그리고 발작 중과 뒤에도, 일어나는 또 다른 현상은 아이의 예언이다. 아이는 실제로 현실이 될 어떤 일에 대해 우리에게 이야기하거나, 아이 입장에서는 도저히 알 수 없는 어떤 일을 알아차린다." 그 아이는 아이큐가 48이고, 텔레비전을 전혀 보지 않았으며, 컴퓨터를 사용하지 않았다. 그리고 아이 엄마의 말에 따르면, 거짓말을 할 줄 몰랐다.

"간질은 기묘한 것이라서 다른 사람에게 그런 일이 일어나기를 바랄 수는 없다, 절대로. 하지만 간질 덕분에 우리는 뇌 속에 뭔가 특별한 것이 있음을 깨달았다. 우리는 종교를 믿지 않는데도, 설명할 수 없는 어떤 일을 믿게 되었다. 어떤 의미에서 우리는 친구들을 일부, 그러니까 가까이에서 그것을 경험하는 일을 견디지 못한 사람들을 잃어버린 것에 오히려 감사하고 있다. 그 덕분에 우리가 계속 아이 옆에서 시간을 보내며 이런 현상을 관찰할 수 있었기 때문이다." 한편에는 *그것을 경험하는 일을 견디지 못한 사람들*이 있고, 다른 한편에는 *이런 현상*이 있다.

•

한 해의 마지막 날, 그녀는 샴페인 한 잔을 들고 아기를 향해 몸을 기울여 아기의 귓가에서 '발리 하이'를 불러주었다. 아기의 눈이 곧바로 크게 떠지고, 그녀는 그 섬에 있는 듯한 기분이 되었다. 그녀가 '도레미'를 불러주자, 아기는 그 노래를 따라 계단을 오르락내리락했다. 그녀가 '오버 더 레인보우'를 부르자 무지개가 둥글어졌다. 그녀가 '만약 내가 종이었다면'을 부르자 정말로 그렇게 되었다. 아기는 신나서 자전거를 타듯 다리를 움직이며, 양손으로 그녀의 손가락을 움켜쥐었다. 아기가 좋아서 목을 울리는 소리를 내자 그녀도 똑같은 소리를 냈다. 그녀는 아기의 산소마스크를 떼어내서 자기 얼굴에 붙였다. 만약 내가 종이라면, 나는 딸랑 딸랑 딸랑.

•

안 될 것도 없지. 그녀는 이렇게 생각하면서, 위키피디아에서 아기 말런 브랜도 항목을 읽기 시작했다. 어쩌면 샴페인 때문인지도 모르지만, 모두가 말런 브랜도에 대해 알아야 한다는 것이 갑자기 민주적인 원칙처럼 느껴졌다. 그가 티셔츠를 입은 젖은 칼처럼 생겼다는 사실, 그가 말할 때면 양 뺨에 생기던 솜뭉치, 그가 〈지옥의 묵시록〉 촬영장에서 기저귀를 찼다는 소문. 쓸모 있는 것은 전혀 없었지만, 살아 있기 때문에 흥청망청 즐길 수 있는 훌륭한 특권 중 하나였다. 말런 브랜도에 관한 중요한 통계수치에 머리와 기억을 1세제곱인치만큼 낭비하는 것.

•

말하고, 웃고, 운반하고, 들어 올린다. 생명을 주는 물의 깨끗한 흐름. 예전에 그녀는 사진을 찍으러 뉴욕으로 날아가, 커다란 검은색 쓰레기봉투를 옷 대신 입고 골든아워에 벽돌담 앞에서 포즈를 취했다. 하지만 사진가가 모니터로 사진들을 보여주었을 때, 그녀는 모든 사진에서 자신의 손이 죽어 있는 것을 보고 창피해졌다. 그녀의 몸을 감싼 쓰레기봉투에는 더 많은 선, 더 많은 목적이 있었다. 그녀는 과거 부모님이 입을 맞춰주지 않았기 때문에 폴라로이드 사진에서 희미하게 사라지는 중인 것처럼 보였다. "처음에는 다들 손을 어떻게 해야 할지 몰라요." 사진가가 그녀를 달랬다. 하지만 지금은 아기를 계단 위로 올리는 동안 모든 손가락에 힘이 들어가고, 아기의 머리를 한 시간 동안 받치고 있다 보면 손목에 쥐가 났다.

●

어떤 사람들은 슬픔 속에 투명하고 사랑스럽게 새겨졌다. 그러나 그녀는 소파 뒤 거울에 비친 자신의 얼굴을 언뜻 볼 때마다, 3주 코스 비코딘[1] 요법을 마친

I   마약성 진통제.

뒤 똥을 싸려고 애쓰는 사람처럼 보였다. 항상 뱃속이 요동쳤다. 베개 천사[I]에 관한 기사 아래 댓글창과 비슷했다.

●

정보 전달을 위해 발명된 그 어떤 도구도, 포털도, 라디오도, 인쇄물조차도, 아기가 자면서 계속 턱 밑에 끼고 있는 파란색 쿠시볼[II]만큼 빠르거나 완전하거나 바삭한 것은 없었다. 아기의 작은 입이 열려 *아 나의 답변들*이라고 말한다. 아기는 밝은 빨간색 털실 방울 안에서 다른 손을 계속 비틀었다. 그것이 제 엄마의 머리카락인 줄 알고.

●

"얘 말고는 이런 장난감을 좋아하는 애가 없어요."
호스피스 간호사들이 흥미를 보이며 이렇게 말했다.

I   1997년에 심각한 발달장애를 지니고 태어난 아기 애슐리에게 부모가 지어
    준 별명. 지능은 유아 수준에 고정되어 있는데 몸은 계속 자랐기 때문에 고
    용량의 에스트로겐 요법, 자궁절제술 등 성장을 억제하는 여러 방법이 시행
    되었다. 이로 인해 윤리적인 측면에서 찬반이 크게 갈렸다.
II 고무 필라멘트가 방사형으로 촘촘하게 붙어 있는 모양의 장난감 공.

그들 역시 핀 자국처럼 작은 사실들을 수집해서 하늘의 별처럼 많은 사실들에 더하고 싶어하기 때문이었다. "들어가는 힘이 너무 많아요."

•

"아이가 개를 만나도 되나요?" 아기가 태어났을 때 그녀는 애처로운 얼굴로 이렇게 물었다. "언제쯤이면 아기가 개를 만날 수 있을까요?" 드디어, 드디어, 아기가 개를 만나게 되었다. 작은 하얀색 푸들이었는데, 소파에 내려놓자마자 녀석이 아기의 온몸을 핥아대기 시작했다. 팔, 다리, 얼굴, 마치 오래전에 헤어진 주인을 다시 만난 것처럼.

"이 녀석은 서비스 견으로 공식적인 인정을 받지 못했습니다." 조련사가 설명했다. "치킨을 무시하고 그냥 지나쳐야 시험에 통과하는데, 녀석은 그걸 도무지 해내지 못했습니다." 아기가 새된 소리를 내며 더 해달라고 요구했다. 개는 아기의 손가락을 하나씩 차례로 먹었다. 이상한 일이었다. 온 세상의 모든 것이 아기에게 그렇게 하고 싶어한다는 것이.

●

"너 거기 있는 거니?" 아기의 눈동자가 움직이기 시작하고 심장박동이 빨라지면, 그들은 이렇게 조용히 묻곤 했다. 아기가 연보라색, 파란색, 석영 같은 회색으로 변하면 그들은 모두 소파에서 벌떡 일어나 치어리더처럼 아기에게 응원의 말을 보냈다. 넌 해낼 수 있어, 모두 널 사랑해, 어서 어서 *이대로 우리 곁에 있어.*

●

"날 계속 살게 해줘." 장애인 운동가였던 친구가 그녀에게 이렇게 말하며, 투명한 도구들이 가득한 방을 가리킨 적이 있었다. 기계, 튜브, 산소탱크. "마지막까지 날 살게 해줘." 그녀는 식물인간이라는 말을 믿지 않았다. "네가 날 찾아와서 책을 읽어준다면, 나는 다 듣고 있을 거야." '나'가 계속 존재한다는 이 믿음, 문이 잠겨 있어도 그 아래로 빛 한 줄기가 새어나온다는 믿음, 희박한 가능성, 자투리, 기회, 두툼하게 정리되어 있는 것.

•

계몽은 계속되었다. 깨끗하게 삶아놓은 것 같은 오전에 그녀가 아기를 보며 마시는 커피잔 속으로 계속 계몽이 쏟아졌다. 어느 날 그들은 장난감 피아노를 아기의 맨발에 닿게 놓아보기로 했다. 아기는 처음 건반을 눌러 소리를 냈을 때 무섭게 화가 난 것 같은 소리를 냈다. 아이가 발차기를 할 때마다 이렇게 음악 소리를 낼 수 있었는데, 그들은 그동안 내내 아이가 아무것도 없는 허공을 향해 발차기를 하게 내버려두고 있었다.

•

"전부 글로 적어." 그녀는 여동생에게 말했다. 포털은 그녀에게 단 한 마디만으로도 모든 기억이 생생히 되살아날 수 있다고 가르쳤다. 그리고 나중에 다음과 같이 적힌 종이쪽지를 우연히 발견했다. *"항상 여기저기 훑어본다. 볼 것이 한없이 공급되는 사람처럼."*

•

하지만 아기는 숨도 쉬지 못하고, 체중도 늘지 않고,

그들이 젖병에 꾸준히 방울방울 떨어뜨리는 약도 거부하기 시작했다. 아기는 그 참을성 많은 표정으로 그들에게 진실을 말해주었다. 그래서 그들은 아기를 병원으로 데려갔다. 병원에 가는 건 곧 끝을 의미한다는 것을 알면서도. "무슨 일이니, 아가야?" 간호사 한 명이 아기를 향해 몸을 숙이며 이렇게 묻자, 아기는 심장을 찌르는 고음의 울음을 터뜨렸다. 아기에게는 드문 일이었다.

"모든 게 문제야." 또 다른 간호사가 거의 생각 없이 말을 뱉었다. "우리가 문제야!" 그녀는 이렇게 소리치고 싶었다. 전부 *우리*가 문제야!

•

몇 달째 머리를 자르지 않았다. 언제든 장례식이 열릴 수 있다는 것을 알고 있었으므로, 어느 날 오후 시간을 내서 미용실로 갔다. "며칠 전에 밈을 하나 봤어요." 미용사가 그녀의 뒤통수에 열심히 집중한 채 말했다. "소가 핥아먹은 머리가 어떻게 생기는지에 관한 거였는데, 소 한 마리가 밤에 아이 방에 들어와서 정말로 머리카락을 훑더라고요. 그렇게 생기는 거래요."

거울 속 그녀의 눈에서 눈물 한 방울이 떨어졌다. 그녀는 남동생과 주고받던 문자를 떠올렸다. 방금 남동생은 '나 죽을 것 같아' 밈의 가벼운 변형을 그녀에게 보냈는데, 솔직히 그녀는 그것을 완전히 이해하지 못했다. "어머, 세상에, 제가 살을 베었나요?" 미용사가 자비로운 머리카락의 커튼 아래로 몸을 수그리며 물었다.

"아뇨, 아뇨." 그녀는 미용사의 팔에 한 손을 얹으며 말했다. 그녀의 손바닥에서 걱정하는 마음이 새로이 줄기차게 쏟아져 나가는 것이 느껴졌다. "그냥 우리 둘이…… 살면서 본 밈이 아주 다르다는 생각을 했어요."

•

다음 날은 아기가 태어난 지 6개월이 되는 생일이었다. 아이를 에워싼 사람들은 마지막 순간에 파티를 결정했다. 분홍색 치즈케이크가 느닷없이 나타나고, 포장지에 싼 선물 하나와 밝은색 풍선 다발도 나타났다. 아기의 산소 수치가 한 번, 두 번, 세 번 곤두박질치는 바람에 케이크는 침대 끝에서 조용히 땀을 흘렸다. 하지만 아기도 헬륨의 상승 기운을, 설탕을 느꼈는지, 손을 한 번 움직일 때마다 주르르 풀리는 선물상자의 리본을 느꼈는지, 갑자기 상태가 좋아져서 호흡이 풍선과 함께 저 높은 곳까지 올라가더니 깨어났다. 아기도 *파티에 참여하고* 있었다. 몇 킬로미터 거리에서 찾아온 사람들이 외투에서 김을 피워 올리며 북적북적 문간을 통과했다. 그리고 모두 아기를 위해 노래를 터뜨렸다. 터뜨리는 것처럼 느껴졌다. 아기는 며칠 만에 처음 보는 미소를 지었다. 케이크는 모두가 충분히 먹을 수 있는 양이었다. 그 최후의 미소 속에서 그들은 아기의 아래쪽 잇몸에 반짝이는 하얀 것을 보았다. 먹는 것을 도와줄 첫 치아였다.

●

"모두 여기 와 있어." 그녀는 아기에게 이렇게 말하

고 나서, 갑자기 퍼뜩 떠오른 말을 덧붙였다. "개도 와 있어." 그녀가 아기의 힘없는 손을 들어 짧고 텁수룩하게 자른 자신의 갈색 곱슬머리에 대자 아기가 손을 두드렸다. 알아요.

·

남동생이 병상 위로 몸을 기울여 아기의 귓가에서 '선라이즈, 선셋'을 부르고 있었다. 처음에는 장난 같은 목소리였지만, 점차 흠잡을 데 없이 진지해졌다. 아기가 좋아했기 때문에. 좋아하는 것이 당연했다. 아기는 아름다운 것과 장난이 어떻게 다른지 아직 모르니까.

·

얼굴에서 빛이 났다. 누군가가 달의 뼈대에 살을 붙여 놓은 것 같았다. 아름다운 푸른 눈은 그 어느 때보다 커 보여서, 볼 수 있는 것을 모두 보려는 것 같았다. 이것은 체액 이동이라는 것이었다. 병원에서 쓰는 말 중에 가끔 우연히 먼지 속에서 빛나는 다이아몬드 같은 것이 있는데, 이 말도 그랬다. 그녀는 라바 램프와 집어삼키는 바다와 남쪽으로 날아가는 새 떼, 저속으로 촬영한 일몰, 당밀을 기어오르는 개미 떼, 달콤하게 퍼지는 정보, 오래전 지상과 우리의 입 속에서 창자까지 벌어진 일을 생각했다. 개울 바닥에서 남동생을 몸으로 덮어, 떼 지어 몰려오는 것으로부터 지켜주던 여동생을 생각했다. 그들의 안이 모두 사라질 때까지, 바깥의 황금이 떼 지어 몰려오려고 했다. 그들에게 움직임과 전진만 남을 때까지.

●

포털 안에서 한 죄수가 사진을 요청했다. "**움직이는 것!** 오늘까지 23년 하고 3일 동안 독방에 있었습니다. 정물화 속에서 사는 것과 같아요. 이런 건 삶이 아닙니다. 그냥 존재하는 거예요. '한 장소'에 있는 겁니다. 그러니 여기에는 '움직이는 것'이 거의 없어요. 나는 움직이는 것을 보고 싶습니다. 밤의 도로 같은 것. 불빛들이 반짝이고, 빛의 선들이 획획 지나가는 모습. 아니면 개울물, 폭포 등 움직임을 보여주는 것. 아니면 눈이 내리는 모습? 뭐든 **움직이는 것!**" 창밖에서는 그가 요청한 광경이 소용돌이치며 펼쳐졌다.

눈송이 하나하나가 첫 눈송이, 모든 것의 첫 눈송이
였다.

●

생일파티 다음 날 병실은 어두웠다. 모유와 가게에
서 사온 쿠키 냄새, 최고로 달콤한 냄새가 났다. 모두
아침을 먹으러 갔고, 여동생은 구석의 소파에서 거
의 실신하듯 잠들어 있었다. 그녀는 병상에서 아기
와 나란히 누워 몸을 둥글게 구부렸다. 그 작은 손을
붙잡고, 그 힘없는 분홍색 손이 백합의 악수처럼 꽉
쥐어주기를 기다렸다. 들썩거리는 등을 쓰다듬어주
었다. 그 몸을 이끌고 하루를 보내는 것만도 얼마나
힘든 일인지. 이마에 새로 난 갈색 솜털을 손가락으
로 더듬어 보았다. 아기에게 몸을 기울여 말을 건넸
다. "네 엄마랑 똑같아질 거야." 그 순간이 너무나 순
수하고 너무나 의미 깊어서 어떻게든 그 느낌을 누
그러뜨려야 할 것 같았다. 그래서 그녀는 핸드폰을
들어 제이슨 모모아의 사진들을 스크롤하기 시작했
다. 그러면서 내내 생각했다. 망할 년, 네가 제이슨 모
모아의 사진을 보는 동안에 이런 일이 일어나면?!?

간호사가 아기를 똑바로 눕히고 강렬한 빛을 눈에 비췄다. 그래서 나중에 그들은 그 빛이 그 역할을 한 것이 아닌지, 엘리베이터 문을 열고 아기를 태운 것이 아닌지 항상 생각하게 되었다. 모니터의 산소 수치가 떨어지기 시작하자 모두가 병실 안으로 몰려왔다. 음악. 여동생이 이렇게 외치고는 손을 정신없이 파닥거렸다. 뭘 틀어주지? 누군가 죽어갈 때 뭘 틀어주지? 어떤 이름이 그녀의 머리에 퍼뜩 떠올랐다. 어쩌면 어머니의 승합차 바닥에서 깨진 카세트테이프를 봤기 때문일 수도 있고, 파도의 이미지와 함께 〈퓨어 무드〉[1] 광고가 기억 속에 찍혀 있기 때문일 수도 있고, 비평가들 사이에서 그 가수가 뜻하지 않게 다시 떠오르고 있다는 해설 기사를 얼마 전에 읽었기 때문일 수도 있는데, 하여튼 그녀의 머리에 퍼뜩 떠오른 이름은 엔야였다.

| 뉴에이지 음악을 모은 편집 앨범 시리즈.

생후 6개월 하고 하루. 추가된 그 하루에 모든 것이 들어 있다가 흘러넘쳤다. 무섭지는 않았다. 무엇도 무섭지 않았다. 간호사들이 아이를 들어 부모가 다시 안아볼 수 있게 해주었다. 아이의 머리가 뒤로 기울어지고, 입은 뭔가를 마시려는 것처럼 벌어졌다. 입술이 겨울의 손끝 같은 부드러운 색으로 변했다. 그들 모두 아기 주위에 모여 아기의 손, 발, 발목을 잡고 자기도 모르게 말을 쏟아냈다. 그들이 되풀이한 말, 이상하게 자꾸만 되풀이한 말은 아기가 지금까지 아주 잘 해냈다는 것이었다.

간호사들이 아기의 분홍색 발꿈치에 심어둔 포트를 통해 모르핀과 아티반을 투여했다. 마치 신화처럼, 마치 아기의 다른 부위는 모두 불사의 생명을 지닌 것처럼. 힉, 힉, 힉. 아기가 말했다. *나예요*라고 말하는 그 희미한 전압이 최대한 오랫동안 계속 흘렀다. "정말 잘 해냈어." 그들은 모두 끝까지 이렇게 말했다.

그들 모두 처음 보는 광경이었다. 병실 안에 평범한 일은 하나도 남아 있지 않았다. 헛기침으로 목을 가다듬는 소리도 없고 발바닥이 가려워지지도 않았다. 다만 베개 위에 핸드폰이 놓여 있을 뿐이었다. 그 핸드폰은 어딘가가 잘못됐는지 계속 "세일 어웨이, 세일 어웨이, 세일 어웨이"[I]를 재생했다.

●

아기의 엄마와 아빠가 아기의 머리에서 머리카락 두 줌을 잘라냈다. 그린치[II]의 gif 영상처럼 머리카락이 짓궂게 양쪽으로 휘어져 있었다.

●

그들의 어머니가 아기의 기저귀를 갈았다. 수천 번 기저귀를 갈아봤기 때문에 완벽해진 솜씨가 그녀의 손에 있었다. 신부는 일찌감치 와 있었다. 'Rome Essentials'라는 상표가 찍힌 작은 여행 가방 안에

I 엔야의 노래.

II 2018년에 나온 크리스마스 애니메이션 영화의 주인공.

미사에 필요한 물건을 모두 챙겨 왔지만, 이것은 신전에 침입해 성스러운 포도주를 모두 마셔버리는 행위였다. 금으로 각인되는 행위였다. 기저귀에 관해 그녀가 지금까지 했던 모든 농담이 향 연기처럼 허공으로 사라졌다.

·

간호사 두 명이 스펀지로 아기를 씻기며, 마치 아직 살아 있는 아기를 대하듯 달래는 소리를 냈다. "아유, 잘하네." 간호사들이 말했다. "진짜 착해. 이제 몸을 좀 돌려볼까? 등을 닦게." 두 사람이 마침내 아기의 목 아래에 각각 한 손을 넣어 들어올리자, 지식의 무게가 마침내 덜해진 아기가 처음으로 천장을 똑바로 바라보았다. 머리를 받쳤어! 그들 모두 소리쳤다. 다른 사람들처럼 자고 있어!

·

그녀는 간호사들이 아기의 몸을 씻기는 동안 아기의 귓가에서 노래를 불렀다. 아기의 청각이 허공에 떠 있는 것이 느껴졌기 때문에. 커다란 청동 종이 흔들리다가 멈췄을 때와 같았다. 이상하게 가장 보편적인 합창곡, 주크박스 히트곡, 경기장에서 항상 울려 퍼지는 노래 외에는 생각나는 것이 없는 것 같았다. 라디오에서 목사들이 소리쳐 외치는 채널들을 빠르게 지나쳐 안착하게 되는 노래들, 온 가족이 함께 일어나 하늘을 날아오는 목소리를 받아들이게 되는 노래들.

●

아기의 몸에서 결코 온기가 사라지지 않았다. 적어도 그 병실에 있는 한은. 그들의 아버지가 모든 규칙을 깨고 시신 안치실까지 직접 데려가겠다고 고집을 부렸다. 아기가 춥지 않게 담요를 두르고, 자신의 진줏빛 묵주를 아기의 손목에 감아주면서.

●

그녀가 호텔 카트처럼 생긴 수레에 가족들의 소지품을 싣고 복도를 떠도는 동안 한 시간이 사라져버렸다. 아까 아기에게 스펀지 목욕을 시켜준 두 간호사 중 한 명이 그녀를 병원 출입구 옆으로 데려가면서 귓속말로 말했다. "아까 부르시던 노래······." 그녀는 간호사의 어깨 뒤 허공에 정신을 집중했다. 고개를 단 1도만 돌려도 흡연구역 안의 핸드폰에서 자신의 모습이 보일 것을 알기 때문에. 커피 한 잔을 들고, 콘크리트 거위에 대해 인터뷰하는 모습. 오늘 거위는 검은 옷을 입고 있었다.

●

위키피디아의 설명 끝부분이 항상 가장 수상쩍었다. 하지만 이번에는 진실이었다.

●

차를 몰고 집으로 가는 길에 본 불빛은 숨 쉬는 짐승의 가죽 같았다. 은빛과 금빛 능선, 파란 눈 속에서 떨고 있는 새끼 사슴과 토끼와 여우. 그녀가 인간인데도, 그것은 그녀의 접근을 허락했다. 이번만은 그것도 겁을 내지 않았다. 메아리가 울리는 돔 아래에서 계속 소리가 들렸다. "하지만 그 애는 떠나지 않았잖아, 안 그래? 떠날 리가 없잖아?" 그러다 그 이름 없는 새들이 붙잡혀 계속 위로 올라갔다. 그들의 배에 비치는 불빛만 남을 때까지.

•

수도원에서 그녀는 타는 듯 뜨거운 뺨을 창문에 대고, 그 작은 손목에 감겨 있던 묵주를 생각하며, 나무 조각상 중 하나가 살아 있다는 사실을 떠올렸다. 이마가 저절로 뛰쳐나와 현실이 되었다. 그 이마가 툭 튀어나온 것은 무르익은 생각 하나 때문, 즉 육신의 부활이라는 생각. 그건 예수의 이야기였다. 어쩌면 그가 정말로 부활한 것인지도 모른다. 그의 옆에 못으로 박혀 있던 판에 이렇게 적혀 있었으니까. '그의 오른손 손가락들이 복원되었다.'

•

어이! 다리를 더 줘!

•

그 일 직후에 솜털 같은 옷을 무릎에 놓은 채 그들은 치료법을 소원하지 않았다. 사람의 체취를 보존할 수 있는 좋은 방법을 소원했다. 그녀와 어머니와 여동생은 냄새를 추적하는 회색 사냥개처럼 집을 뒤집어엎다가 아기가 입던 우주복이나 양말이나 반짝이는 표시가 새겨진 작은 발레복을 발견하면 공중에서 흔들어대며 말했다. "여기 있어!"

●

그녀는 아기의 눈물 자국이 있는 티셔츠를 입고, 베개 아래에 쿠시볼을 넣었다. 24시간 신생아 중환자실 출입증을 협탁에 놓고, 만약 한밤중에 화산이 터진다 해도 자신의 주위에 꼭 필요한 물건이 다 있을 것이라고 속으로 말했다. 그러니까 검은 재를 한번 날려봐. 그녀는 이렇게 말하고 나서 잠들었다.

●

장례식장에서 식구들이 장례지도사를 만나 의논하려고 할 때, 남동생이 미쳤는지 자기가 아기의 남편이라고 말했다. 그들의 웃음소리는 히스테리에 가까웠고, 얼굴에는 눈물이 줄줄 흘러내렸다. 그들은 서로의 팔을 붙잡은 채 멈출 수 없었다. 그녀는 남동생의 어깨에 얼굴을 기대고 눈을 감았다. 남동생이 아기를 안고 숲으로 들어가는 것이 보였는데, 남동생의 초록색 동료들이 둘을 안전하게 지켜주려고 숲에서 기다리고 있었다.

●

"저거요." 여동생이 속이 깊고 베개처럼 폭신폭신한 새틴으로 마감된 관을 가리키며 장의사에게 말했다. 사진만 봐도 하얀 땅속으로 영원히 스스로 내려가는 것처럼 보이는, 펼쳐진 밸런타인 카드였다. 여동생의 옛날 목소리가 여기서 일부 돌아왔다. 여동생이 1987년생임을 스탬프로 찍듯이 보여주던 목소리, 완전히 사라질 것처럼 보이던 그 목소리였다. "저기 저거요. 고급스러우니까."

●

그 의논이 끝난 뒤 그녀는 선물 가게처럼 보이는 곳 안을 그냥 돌아다녔다. 놋쇠 유골단지와 추모 콜라주, 주머니 시계와 스와로브스키 장미, 모래를 분사해 세상을 떠난 린다들의 얼굴을 그린 화강암 석판 등이 가득했다. 그녀는 상당한 시간 동안 그곳을 떠나지 못하고, 문진을 들었다가 내려놓았다. 그녀는 기념품을 손에 넣었을 때만 여행을 좋아하는 사람이었다. 화장한 재를 골프공 안에 넣을 수 있다는 거 알았어? 그녀는 친구에게 이런 문자를 보냈다. **관을 다른 것처럼 위장할 수 있다는 거 알았어? 종이찰흙으로 만든 거북에 재를 넣어 바다로 보낼 수 있다는 거 알았어?**

그건 나

•

와, 엄청 섹시하네

차를 몰고 집으로 돌아가는 길에 라디오에서 이 노래가 깜박깜박 흘러나오기 시작하자, 그녀의 아버지와 제부는 다정한 형제처럼 카를로스 산타나의 기타 솜씨를 칭찬했다. 그들은 이 세상의 것이 아니라고 말할 수밖에 없다고 말했다.[1]

내 인형
내 스패니시 할렘 모나리자

[1] Santana, 'Smooth'.

그녀의 목구멍에서 완전한 반사작용이 시작되었다. 그녀가 저것을 웃긴다고 생각한 적이 있던가? 아니면 그녀가 굴복해서 합류하기를 웃음이 밖에서 기다리고 있었던가?

●

네일숍 직원이 자신을 구글이라고 소개했다. "제가 모르는 것이 없거든요." 그는 이렇게 말하고는, 상상할 수 있는 모든 색깔, 손톱이 수천 개나 되는 손, 천국이 있어서 눈을 어지럽히는 벽 앞에서 빙긋 웃었다. 그리고 파티에 가실 예정이냐고 물었다. 그녀가 그에게 진실을 속삭여주자 그는 성호를 그었다. 이제 구글은 한 가지 사실을 더 알게 되었다. "어둠 속의 빛으로 할게요, 오케이?" 그는 이렇게 말하고 나서, 무한히 부드러운 손길로 손톱을 연마하기 시작했다. "나중에 어두운 곳에 가면 보일 거예요. 전부."

●

남자들이 정장을 맞추려고 치수를 재는 멘즈 웨어하우스는 신성한 곳이었다. 여자들이 각자의 탈의실에서 서로에게 문자로 사진을 보내주는 티제이 맥스는 신성한 곳이었다. 그들은 슈카니발에서 비틀비틀 통로를 오락가락하며 거의 웃음을 터뜨릴 뻔했다. 마이클스에서 그들은 콜라주에 쓸 마분지를 골랐다. 꽃집에서 그들은 아기의 숨결[1]을 가리켰다. 빵집에서 그들은 차에 곁들일 쿠키를 고민했다. 클리니크 카운터에서 그들은 방수 마스카라를 구입했다. 그들이 이 모든 일을 마치고 뱅뱅 슈림프를 먹으며 서로에게 아주 아주 친절하게 굴었던 치즈케이크 팩토리는 신성한 곳이었다. 그녀가 항상 놀림거리로 삼던 조명이 계속 꽃으로 피어난 것처럼 보였다.

•

아기를 만나 뽀뽀해주었던 개가 야간 면회 시간에 와서, 길게 줄을 서서 문을 통과하는 추도객들을 핥았다. "동물이 들어와도 되나요?" 그녀는 장례지도사에게 물었다. "동물이 들어와도 됩니다." 그는 한번은 말이 사람 손에 끌려 통로를 걸어가서 주인에게 마

---

[1] baby's breath, 안개꽃.

지막으로 코를 비빈 적도 있다고 말했다. 말은 주인의 얼굴에서 각설탕을 찾으며, 방금 베어온 풀 같은 주인의 머리카락에서 숨을 쉬고, 주인의 아주 사소한 명령에도 펄쩍 뛰어가던 그 뜨거운 느낌을 여전히 몸속에서 느꼈다. 이제 주인이 내린 명령은 "날 보내줘"였으나, 말의 몸은 아니요라고 대답했다.

•

관 속의 아기에게 사람들이 개를 내려주자 개는 아기가 누군지 확실히 알아본 기색으로 인사를 건넸다. 그 모습에 모두가 울었다. 아기는 아직도 그림같이 예뻤지만 불투명한 마스크를 쓴 것처럼 화장을 했고 몸에 온기가 없었다. 눈꺼풀은 풀을 발라 닫아놓았고, 손은 이제 허공을 휘두르지 못했으며, 아기의 새된 소리는 그냥 소리가 되었다. 그렇다면 개는 아기의 어떤 점을 알아본 걸까? 그 작은 개는 아기의 어떤 점을 지금도 사랑하는 걸까? 어쨌든 개는 아기를 사랑했다. 개는 밸런타인 카드 같은 새틴 위에서 바삐 움직이며, 아기의 얼굴을 씻어 제가 아는 모습으로 되돌리려고 했다.

●

우리 작은 개가 나를 아니까 나는 나야. 이 말을 누가
했더라? 포털 어딘가에서 봤음이 분명했다. 이 문장
이 적힌 합판이 어느 집에 걸려 있었다. 주위에서 밤
샘하는 사람들의 소리가 웅성웅성 들리는 가운데,
그녀는 산 자와 죽은 자를 가르는 난간에 올라가 앉
았다. 뒤로 줄이 계속 늘어나는 것을 내버려두고 아
기의 귓가에 몸을 기울여 작별인사를 했다. 우리 작
은 개가 나를 아니까 나는 나야.

●

거의 끝 무렵에 신경과의사가 나타났다. 그녀는 왜
그 초록색 벌판으로 가버렸느냐고, 애당초 왜 인간
의 뇌를 연구하기로 선택했느냐고 자기도 모르게 묻
고 있었다. 그 선택이 더 커다란 의미를 품고 빛났다.
기관절개술이 호흡요법사의 목에 남긴 별 모양 흉터
가 빛난 것처럼. "그건 아주 긴 이야기라서 나중에
해드릴게요." 신경과의사가 빙긋 웃었다. 그래서 그
녀는 의사가 가계도의 가지에 맨발로 서 있는 것을
볼 수 있었다. 검은 울코트를 입은 어깨에는 하얀 별

표가 있었다.

•

어떤 세대의 일원이 된다는 것은 여동생이 장례식에
핫핑크 원피스를 입고 온다는 뜻이었다. 그 옷에 맞
는 립스틱과 탑처럼 높은 하이힐을 고르며 내내 "**우
리 아이를 위해서 우리는 근사한 모습이어야 해!**"라고 고함
지르는 것을 의미했다. 어떤 세대의 일원이 된다는
것은 관도 분홍색이라는 것, 그것도 아주 최근에야
이름이 생긴 새로운 분홍색이라는 것, 그리고 관이
닫히기 전에 누군가가 밝고 깨끗한 자수정을 슬그머
니 집어넣는다는 것을 의미했다. 아기가 땅에 묻히
는 시간이 낮인데도 어둡고, 회색 빗줄기가 대량으
로 쏟아진다는 것을 의미했다. 온 가족이 아직 존재
하는 야외에 모여 상록수 아래에 서 있다는 것을 의
미했다. 밤샘 때 트랩 음악이 흘러나오고, 장례식이
끝난 뒤에는 바비큐를 먹고, 남동생이 자기 가슴을
찰싹 치면서 여동생에게 "그래, 그 애는 진짜였어"라
고 말하는 것을 의미했다. 따라서 특이성이 살아 있
는 손님으로 그 자리에 있었다.

·

밤샘 때 그녀와 여동생은 누군가의 갓 태어난 아이
를 품에 안았다. 그 작은 꾸러미가 너무나 가볍고 단
순해서 그들은 아기를 천장으로 던졌다가 받고 싶다
는 충동을 계속 억눌렀다. 아기를 공중으로 던져도
항상 되돌아오리라는 것을 아니까. "마치 다른 종의
생물 같아." 여동생이 부드럽게 말했다. 핫핑크 원피
스를 입은 어리고 사랑스러운 생물, 그녀의 팔은 거
의 깃털을 안은 듯 가벼웠다.

·

집에 돌아온 뒤 제부는 무릎을 꿇고 그곳에 입을 맞
췄다. 아기가 살았던, 기계들에 둘러싸여 누워 있었
던, 아기와 손바닥치기 놀이를 할 수 있다는 사실을
그들이 너무 늦게 알아차렸던, 소파의 작은 사각형
자리.

·

쿠시볼이 실수로 버려졌다. 쓰레기 매립지는 무엇이
다가오는지 거의 몰랐다. 아기가 알던 모든 것이 폭

발하는 별처럼 뻗어나간 파란 공은 빛줄기 하나 빠짐없이 그대로였다.

·

그녀가 카페에서, 택시에서, 식품점에서, 술집에서, 광고를 보다가, 다큐멘터리를 보다가, 라이언 레이놀즈의 영화를 보다가, 공중화장실에서 무릎에 얼굴을 묻고 그녀의 것일 리가 없는 짐승 같은 소리를 내며, 여성 택배기사가 그녀를 애칭으로 불렀을 때, 여동생이 "언니도 개 엄마였어"라고 말했을 때, 인간이 겪는 모든 일이 등장하는 곳 같은데도 그 얼굴, 그 눈, 그 머리카락의 반짝거리는 남다름은 전혀 보이지 않는 포털에서, 걷잡을 수 없이 울어대는 시기가 시작되었다.

·

그 일이 그녀를 바꿔 놓을까? 어렸을 때 그녀는 거룩한 기분을 느끼곤 했다. 번득이는 빛이 파란색 수박을 가르는 칼처럼 땅을 갈랐다. 태양이 엘리베이터처럼 그녀를 향해 내려오면, 그녀는 그 안으로 들어가 위로, 위로 올라갈 수 있을 것이라고 확신했다. 모든 불운을 지나, 인간이 지은 모든 건물에서 빠져 있는 모든 13층을 지나. 이런 거룩한 날에 그녀는 학교에서 집까지 걸어오며 생각했다. 이걸 겪고 나면 나는 엄마한테 착하게 굴 수 있을 거야. 하지만 실제로 그런 적은 한 번도 없었다. 이걸 겪고 나면 나는 중요한 일만, 삶과 죽음과 죽음 이후에 대해서만 이야기할 수 있을 거야. 하지만 그녀는 여전히 날씨 이야기를 계속했다.

●

그 뒤로 밤마다 어둠 속에서 손톱이 빛나는 가운데, 그녀는 그들이 어쩌된 영문인지 그냥 지나쳤던 아기의 작디작은 호흡소리가 계속 이어지는 꿈을 꾸었다. 누군가가 항상 소리쳤다. "이봐!" 그러면 한창 진행 중이던 장례식이 중단되었다. 그들은 관에서 아기를 들어올려 입을 맞췄다. 차를 몰고 집으로 돌아오는 길에 자동차 창문 밖으로 분홍색 카네이션을 내던졌다. 그들이 잘못 알았다. 그 전보다 더 작은 어떤 것을 알아차리기만 했어도.

•

교외의 단조로운 주택들 문이 이제 윤곽이 강조된
채 박동하는 것처럼 보였다. 그 문 뒤에 밝고 개인적
인 영광이 숨어 있을 수 있으니까. 한때 하느님의 목
소리라고 불리던 여자, 20년 동안 무대에 나타나지
않고 집에서 계속 노래한 여자, 그녀의 파트너가 그
녀의 노래를 들었다. 파트너는 세상 사람들이 모두
안됐다고 말했다.

"내가 뭔가를 많이 갖고 있었는데…… 그게 뭐더
라?" 그 가수가 전에 어느 인터뷰에서 이렇게 말했
다. "너무 많은 햇빛이 나를 통과해갔던 것 같아요.
그 놀라운 햇빛이!" 교외 주택들의 문이 그 햇빛을
막으려고 닫힌 것일 수도 있겠다.

•

의사들은 뇌를 달라고 요구했다. 희망에 가득 찬 모
습이 거의 애정을 품은 것 같았다. 마치 자기들도 아

기를 사랑했던 것처럼. "아기가 괜찮다고 할까?" 여동생이 이렇게 물었다. 그녀가 손바닥 끝으로 눈을 누르자 눈 안쪽의 검은 돔을 로켓들이 휙 가로지르는 것이 보였다. "응, 괜찮다고 할 것 같아." 그때 그녀는 이렇게 대답했다. 이제 실제로 그 요구를 들어주고 나니 위안이 되었다. 사람들이 아기의 뇌를 살피는 한, 아기의 정신은 여전히 세상에서 활발히 움직이며 묻고 대답하고, 새로운 것을 알아내고, 새로운 발견에 작고 사랑스러운 탄성을 질렀다. 의사들은 아기가 살아 있는 동안 아기의 뇌가 계속 자라기만 했다고 확인해주었다.

●

계속 좀 더 읽어. 완전히 싫기만 한 건 아니잖아.

●

"배터리가 조금밖에 없는데 날이 어두워지고 있어." 포털에서 화성 탐사로봇 로버가 이렇게 말했다.

●

그 영화는 그녀가 소장한 영화들 한가운데에서 흑백
으로 빛나며 그녀가 봐주기를 기다렸다. 어느 날 오
후 남편이 집에 없을 때 그녀가 그것을 틀었더니, 어
둠 속에서 빛나는 앤서니 홉킨스의 얼굴이 보였다.
그가 처음으로 엘리펀트맨을 보는 장면이었다. 모든
아름다움이 그를 침범하고, 그의 왼쪽 눈은 말린 제
비꽃처럼 일그러졌다. 두꺼운 분장과 울룩불룩한 보
형물을 보며 그렇게 단순한 행복을 느낄 줄은 그녀
도 미처 예상하지 못했다. 마치 그녀의 훌륭한 동반
자가 그녀 곁으로 돌아왔고, 방 안에는 그녀의 숨소
리가 넘칠 듯 가득 찬 것 같았다. 엘리펀트맨이 마침
내 입을 열어 말하는 장면은 아기가 나오는 꿈 같았
다. 그가 입을 열자 성경이, 셰익스피어가, 밀턴이,
시인들이 나왔다. 그가 시편 암송을 막 끝내는데 의
사들이 그에게 몰려들었다. 그가 똑바로 서서 말했
다. "내가 여호와의 집에 영원히 거하리로다."

●

그 집이 어디더라? 우리가 거한다는 그 긴 단어 속에

서 계속 움직이던 곳이 어디지? 포털에 조지프 메릭[1]의 유골이 이제라도 휴식할 수 있게 해주자는 요구가 있었다. 그의 가족이 그를 온전히 과학 연구에 기증했는데도.

·

포털에 있는 조지프 메릭의 두개골 사진. 오른편의 뼈가 프랙털 모양으로 자랐다. 동굴이나 수정이나 담쟁이덩굴처럼 서로 겹쳐지고 겹쳐져서 거의 흘러내리는 것 같았다. 이상하게 보이지는 않았다. 모든 면을 고려해볼 때, 두개골이 원하는 모습인 것 같았다.

·

과거 그녀가 습관적으로 하던 사소한 신체교정, 즉욕실에서 거울을 볼 때마다 젖가슴을 쇄골 쪽으로올리는 것과 파티에 가기 전 삐져나온 곱슬머리 끝을 자르는 것이 그녀에게서 흘러나가 어딘지는 몰라도 아기가 간 곳으로 따라간 모양이었다. 이제 그녀

----

[1] 엘리펀트맨의 본명.

는 최근 자기 모습이 가장 근사해 보인 것은 그 디즈니월드의 호텔 가죽 소파에서 선명한 빛을 흠뻑 받고 있을 때였다는 사실에서 비뚤어진 기쁨을 느꼈다. 웃어서 생긴 주름살이 모두 환히 드러난 채로, 구름처럼 느껴지는 두 젖가슴 사이에 귀여운 아기의 머리를 안고 있던 모습. 햇빛이 그녀를 통과해 흘렀다. 햇빛, 놀라운 햇빛.

●

"난 백만 년이라도 그렇게 할 수 있었어." 여동생이 단조로운 어조로 말했다. "매일 아침 아기에게 열세 가지 약을 주며 살았을 거야. 마음이 편안해지는 일은 없어. 난 언제까지라도 그렇게 했을 거야." 그러고 나서 6만 1000달러의 청구서를 받았다고 말했다. 그러고는 그날 밤 간호사가 모은 눈송이들, 투명한 액체 별표들, 아기의 눈송이들을 담은 병의 사진을 보냈다.

●

여동생의 남편이 어느 날 중고품 차고 세일에 갔다

가 비니 베이비 인형 50개를 사왔다. 이것 역시 슬픔을 치유하는 방법 중 하나였다. 누군가가 그 인형들을 전시 상자 속 작은 스툴에 앉혀놓았다. 그 인형들이 싫증내지 않게. 무엇을? 비니 베이비로 존재하며 오랫동안 직사광선을 받는 일에. 누군가가 그 인형들에 신경을 써주었다. 어쩌면 모두가 작은 참새에게 눈길을 준 신일 수도. 어쩌면 모두가 부드럽고 희귀한 기념품을 모으는 수집가인지도. 확실히 눈에 보이는 하트가 꿰매어져 있고, 마음속에서 수백만, 수천만의 가치를 지니는 기념품.

●

관련 검색어

죽은 내 아들이 보고 싶다

내 아들이 너무 보고 싶다 인용문

천국의 내 아들이 보고 싶다

내 아들이 죽었고 나는 보고 싶다

내 아들이 보고 싶다 속담들

●

검시 결과를 이야기하려고 모인 자리에서 의사는 베이글 한 입을 먹은 뒤 입술 모양으로 저 훌륭한 단어 '왜'를 말했다. "예수님이 눈먼 남자를 만났을 때, 제자들은 이유를 물었습니다. 저 남자가 죄를 지었기 때문입니까, 그 부모의 죄 때문입니까? 그러자 예수님은 누구의 죄도 아니며, 하느님이 그 남자를 통해, 그 남자와 함께, 그 남자 안에서 우리를 앞으로 나아가게 하려 하신 것이라고 말했습니다." 의사의 푸른 눈에 흘러내리지 않은 눈물이 머물러 있었다. 그것이 바로 의학이지. 그녀는 속으로 생각했다. "만약 제가 무엇이든 할 수 있는 일이 있다면⋯⋯." 의사가 목멘 소리로 말했다. 콧수염에 크림치즈가 살짝 묻어 있어서, 그녀는 인류를 향한 자신의 사랑이 커지는 것을 느꼈다. 그것이 그를 통해, 그와 함께, 그 안에서 그녀를 앞으로 나아가게 했는데, 그것은 또한 인류의 영광을 위한 것이기도 했다.

•

"그 아이에게 어떻게 그런 일이 가능했던 거죠?" 그들은 의사들에게 물었다. "아이가 어떻게 혼자 힘으로 숨을 쉬고, 엄마 젖을 먹고, 사람들이 말을 걸면 답할 수 있었던 거예요?" 의사들도 답을 몰랐다. 그들은 뇌의 엄청난 가소성에 대해 말했다. 그래, 그녀도 그것을 느꼈다. 손에 그것을 들고 있었다. 옛날에 따뜻한 실리퍼티[1]를 신문에 대고 눌렀더니 기사의 문단 하나가 쉽게 읽을 수 있을 만큼 선명하게 묻어나온 것이 기억났다. 그녀는 그것을 접고 또 접어 아무것도 묻지 않은 상태로 되돌렸다.

•

"유령도 신기술을 배울 수 있나?" 여동생이 앞으로 다가올 미래를 생각하며 물었다. 한없는 컨베이어 벨트처럼 밀려오는 발전에 인류 역사를 통틀어 지금

---

[1] 실리콘 폴리머가 함유된 장난감. 가하는 물리적 힘의 크기에 따라 액체처럼 흐르거나 튀어오르거나 늘어난다.

까지 살았던 유령들이 모두 적응해야 할 것이다. 두 사람이 잠시 조용히 있다 보니, 이미지들이 마구 몰려왔다. 엘리베이터 유령이 모든 버튼을 누르며, 위장이 세상 밑바닥을 통과해 뚝 떨어지는 기분을 느끼는 모습. 긴 검은색 전선을 타고 날아온 전신 메시지를 유령이 펼치는 모습. 포털 안에서 유령들이 자신의 심장을 다정하게 안고 영원히 게시물들을 읽는 모습. 그들은 늦은 밤에 아기의 영상을 주고받던 단체 문자에서 이런 말을 했다. 이런 기술이 있었으니 천만다행이다.

•

만약 그 십대 소년이 아기를 정말로 포털에 올렸다면? 언제든 그녀가 그로 인해 화를 냈을 것 같지는 않았다. 드넓은 전자 세상에서 사람들이 아기를 만나게 된 것에 몹시 고마워했을 것이다. 움직임 때문에 흐릿하게 나온 아기의 사진을 아는 것은, 실제 결말과는 거리가 먼 나름의 인생을 사는 것과 같았다. 그곳에서 이미지들이 살고 또 살았다.

•

"풀이 아주 멋져." 여동생이 풀이 우거진 무덤 사진
을 보내주며 말했다. 아기가 아직 곁에 있을 때 그들
이 날이면 날마다 산책하던 진짜 초록색 공원. 이 세
상에는 우리가 지켜봐야 하는 사람들이 있기 때문이
다. 여동생은 풀잎을 잘라 그녀에게 우편으로 보내
주었다. 여행할 때 가지고 다니라고. 그녀가 보기에
는 버려진 교외와 도시에서, 한때 우리 모두가 살았
던 곳에 길들지 않은 야생 풀들이 담요처럼 무성하
게 자란 것 같았다.

•

그녀의 사진첩 속에서 아기의 마지막 나날을 꼼꼼히
담은 사진들을 에워싼 것은 레이 리오타의 최근 성
형수술 사진, 여성 의원의 가짜 누드 사진이 발 페티
시스트들에 의해 들통났다는 기사의 스크린샷, 폭스
뉴스의 금발 앵커 옆에 '감히 챙을 드러내지 못하는 모자'
라고 적힌 그래픽이 떠 있는 사진, 그녀의 친구들이
야외에서 몹시 즐거운 하루를 보내며 사람이 죽을
때를 정확히 아는 것 같다고 지적했던 검은 날개와

흐릿한 회색 눈의 폭신폭신한 독수리 사진, 그 일이 있기 몇 분 전 어두운 병실에서 줄무늬 옷을 입고 몸을 숙인 그녀 자신의 사진이었다. 1년 뒤 이 사진은 그녀의 화면에 다시 나타날 것이다. 그녀에게 새로운 기억이 생겼음을 알리면서.

•

항상 여기저기 훑어본다

한없이 나타나는 광경을

•

점차 세상이 그녀를 다시 불렀다. 비행기가 지도에 점선으로 표시된 선을 따라 대서양을 건너는 동안 그녀는 다시 창밖을 내다보다가 똑같은 영광이 따라오는 것을 보았다. 결코 깜박이는 법이 없는, 빗줄기의 둥근 불길.

그녀의 눈이 앞으로 5센티미터 거리에 둥둥 떠 있고, 역시나 비가 내리는 것 같았다. 그녀가 가져온 책, 표지에 부드럽게 찍은 여자의 사진이 실려 있는 책은 손도 대지 않은 채 무릎 위에 놓여 있었다. 그녀는 다시 사진들을 뒤적이기 시작했다. 아기가 방싯거리는 사진, 소리 내어 웃는 사진, 호박밭에 간 사진, 수영복을 입고 바닷물에 살짝 들어간 사진. 이 사진들은 항상 그녀 곁에 있었다. 집게손가락 끝에 감각이 없었다. 전에 그녀는 충격적인 백사장이 있는 작은 섬에 가서 그 유명한 모래 속에 맨 발가락을 집어넣은 적이 있었다. 우리가 쓰는 모든 스크린의 유리를 만드는 데 쓰이는 모래였다. 그곳의 하늘은 정말 수정처럼 맑고, 햇볕은 너무나 뜨겁고, 살갗에 닿는 공기는 날것 그대로였으며, 나무에는 코알라가 가득해서 자신이 핸드폰 속으로 완전히 들어와버렸거나 아니면 거기서 나온 것 같은 기분이었다.

•

쓰레기 매립지에 버려진 물건 더미들, 거기 어딘가에서 쿠시볼이 여전히 깜박거리며 메시지를 전송하려고 애쓰고 있었다. *들립니까, 들립니까, 들려요, 들려요.* "들려." 그녀는 떨리는 공기를 향해 말했다. "들려, 들려, 들려."

●

그녀는 영국박물관에서 강연을 해달라는 요청을 받았다. 포털에 관한 강연인데, 그녀는 연단에 서서 파워포인트 화면을 찰칵찰칵 넘기며 아직도 포털 안에서 사는 척, 지식의 피가 몸속을 도는 척하려고 했다. 공동 정신이라는 말을 하고 나니, 가족들이 함께 앉아 있던 방이 눈앞에 보이는 것 같았다. MRI 사진에 찍힌 독특한 회색 뇌를 보던 그 방. 자신의 외투 주머니에 들어 있는 24시간 신생아 중환자실 출입증을 생각했다. 그녀는 자신이 한때 필요라는 나라의 시민이었음을 잊지 않으려고 출입증을 주머니에 넣어두었다. 그녀가 애당초 포털에 들어간 이유가 무엇인가? 순수한 상호 호응의 세계에 살고 싶어서였다. 남을 기쁘게 하고, 남에게서 기쁨을 받고 싶었다. 그녀가 아기를 기쁘게 해줄 때 사용하던 목소리로 글을 읽자, 갈비뼈가 흔들렸다. 심장이 거의 밖으로 뛰쳐나올 것처럼 거세게 뛰는 가운데, 그녀는 글을 읽었다.

"그녀는 영국박물관에서 강연을 해달라는 요청을 받았다. 그녀에게는 그럴 자격이 거의 없다. 어떤 의미에서 조금씩 조금씩, 두루마리 하나씩 차례대로, 황금 유물 하나씩 차례대로 자신의 길을 도둑질하다시피 여기에 이르렀기 때문이다. 그래도 그녀는 그 자리에 서서 한 시간 동안 그들을 자신의 머릿속에 가뒀다. 그녀의 얼굴에는 그녀의 나이가 신선하게 각인되어 있었다. 그녀는 그 자리에서 자신이 해야 하는 말을 했다. 그녀가 입은 셔츠는 그때 구할 수 있는 유일한 것이었다. 그녀가 어디서 잘못을 저질렀는지, 앞으로 어디서 잘못을 저지를지 알아볼 수 없었다. 그녀는 *가필드는 신체 긍정적인 아이콘*이라고 말했다. 그녀는 *에이브러햄 링컨은 아빠*라고 말했다. 그녀는 *런던의 뱀장어들은 코카인에 취해 있다*고 말했다. 그 자리에 나타나는 것이 마침내 잘 어울리는 일이 되었다. 그녀 자신이 멀리에서 온 전시품, 몸과 마음을 이어붙인 콜라주였다. 미래의 눈으로 보면 괴물이고, 로제타석 앞에서는 백치였으며, 가장 깊은 죽음의 무덤을 어지럽히는 자, 나비를 잡고 죽이는 자, 곧 두 페이지 사이에 접혀 들어갈 자, 크고 작은 것들의 들어 올려짐에 대해 말하는 자였다."

청중은 조용했다. 앞줄의 얼굴들에서 빛이 났다. 딱
히 현실처럼 느껴지지 않았지만, 요즘 그런 것이 어
디 있는가. 그녀는 아기를 안고 박물관 안을 돌아다
니는 상상을 했다. 품에 안긴 머리가 무겁지 않았다.
아기에게 미라를 보여주고, 아기를 신전 계단에 가
볍게 내려놓고, 메아리가 울리는 천장을 향해 아기
의 이름을 소리쳐 부르고, 그리스의 대리석 조각상
들 사이를 지나며 아기에게 "미래에 누군가가 우리
를 생각할 거야"라고 말했다. 부적들이 진열된 유리
상자를 비집어 열고 아기의 팔다리에 모조리 보호,
보호 부적을 매달아주었다. 아시리아 사자들의 홀에
서서 우리가 잡아먹히는 일은 없을 것이라고 아기를
안심시켰다. 그녀는 아기를 데리고, 아기를 데리고,
분수가 나올 때마다 멈춰 서서 아기에게 물을 마시
게 하고, 선사시대부터 현대까지, 두 사람이 함께 서
있는 이 순간까지 경탄하면서. 온 세상이 의식을 갖
고 있다는 느낌이 점점 강해지고 있어.

·

나중에, 술을 많이 마신 뒤에, 아까 객석에 있던 사람들이 그녀를 데리고 구불구불한 골목을 지나 이름 없는 클럽으로 갔다. 사람들이 북적북적 한 몸이 되어 있었다. 뒤쪽에 방이 하나 더 있는 줄 알았는데 한복판에 그녀의 얼굴이 비치는 것을 보니 거울이었다. 벽에는 **오아시스**라는 글자가 붙어 있었다. 처음에 그녀는 춤을 전혀 출 수 없었지만, 나중에는 춤을 멈출 수 없었다. 거기서 흘러나오는 노래는 터무니없었다. 미국인으로서 개인적으로 당황스러웠다. 그 노래의 중심 코드만큼 그녀가 뒤처진 사람, 촌스러운 사람, 섬세하지 못한 사람이 된 것 같았다. '로큰롤 올나이트'가 흘러나왔다. '세븐 네이션 아미'가 흘러나왔다. '스위트 캐럴라인'에 맞춰 사람들이 오하이오 사람들처럼 쿵쿵 뛰었다. 오, 난 몰랐어. 그녀는 혼잣말을 했다. 이 노래들이 내내 사랑받았다는 걸. 클럽 전체가 사방에서 그녀를 밀어대서 그녀는 리틀 터치를 생각했다. 그녀의 시선은 입맞춤을 받았던 모든 부위, 온 세상의 장소들로 향했다. 여기 나타나서 음악을 조금 듣다가 떠날 가치가 있었는지 궁금

했다. 도중에 누군가가 그녀의 주머니에서 핸드폰을 슬쩍 빼내자 그녀는 몸이 가벼워져서 허공으로 떠올랐다. 그녀의 자아 전체가 거기에 있었다. 누가 그런 걸 원한다면. 누군가가 나중에 핸드폰의 잠금장치를 풀어 사진을 볼 것이다. 아기가 입을 여는 사진, 뭔가 말하려는 사진, 무엇이든 말하려는 사진.

당신이 했군요

신형철 (문학평론가)

주체하기 어려울 정도의 재능은 그것 자체로 하나의
문제다. 이 작가가 정교한 설계도와 계획적인 노동
으로 장중한 장편소설을 써낼 수 없다면 그건 짧은
간격으로 쉼 없이 폭발하길 원하는 자신의 문장들을
달래지 못해서일 것이다. 이 재능이 드디어 신뢰할
만한 매개자를 거쳐 한국에 소개된다. 그가 출간한
첫 두 책은 시집이었고,[1] 뒤이어 나온 것은 회고록이

---

1 두 시집 사이에 발표한 시 한 편으로 큰 화제를 모으기도 했다. 웹사이트
The Awl에 게시된 지 몇 시간 만에 만 명이 '좋아요'를 누르고 이후 가디언
에서 특별 기사를 쓰게 만든 그 시의 제목은 〈강간 농담rape joke〉이다. 이
렇게 시작된다. "강간 농담은 네가 열아홉 살이었다는 것이다. 강간 농담은
그가 네 남자친구였다는 것이다. 강간 농담은 그게 염소수염을 길렀었다는
것이다." 이어지는 대목에서도 록우드는 '강간 농담'을 주어 자리에 놓고 자
신이 겪은 일의 세부 사항을 서술부에 적어 나간다. 이게 농담이 되냐는 듯
이, 혹은 이것을 농담으로 만들 수 있는 건 자기뿐이라는 듯이. 강간이 농담
의 소재가 될 수 있는가, 라는 물음에 대한 '당사자'의 답변이다.

었다.[2] 많은 이들이 고대했을 그의 첫 소설은 2021
년에 출간됐다. 부커상 최종 후보에도 올랐고 그해
나온 소설 중에서 가장 많은 리뷰를 얻었으니 기대
에 부응하는 결과라고 할 만하다. 그 소설을 2024년
에 한국어로 읽는 우리는 책을 펼치면 일단은 어리
둥절한 상태가 된다.

> 그녀가 포털을 열자 정신이 한참 달려 나와 그녀를
> 맞이했다. (12쪽)

첫 문장이다. 원래 포털은 '여는' 것이니까(포털은 큰
건물의 출입문을 뜻한다) 그건 그렇다 치고, 거기서 달
려 나오는 '정신mind'이란 도대체 무엇인가. 그러니까
그건 자신의 정신일 텐데, 정신이 제 머릿속이 아니
라 포털에 있다는 건 접속을 해야 인지적 활동이 시
작된다는 뜻이겠고, 또 자기가 들어가기도 전에 정신

---

2 《다락방의 미친 여자》(1979)의 저자들은 그 속편 격인 최근 책에서 록우드
의 회고록 《사제 아빠Priestdaddy》(2017)에 한 챕터를 할애하고 "가부장제
의 온갖 측면들을 아찔할 정도로 상세히 분석"(470쪽)한다고 평가한다. 샌
드라 길버트 · 수전 구바, 《여전히 미쳐 있는》(2021), 류경희 옮김, 북하우스,
2023.

이 먼저 (한국식으로 말해 '버선발로') 달려 나오는 것처럼 느껴진다는 건 이 접속 절차가 제공하는 수동적 쾌락이 꽤 중독적이라는 뜻이겠다. 이 한 문장에 2020년대 인류의 접속-종속적-인지-상황의 캐리커처가 담겨 있다고 하면 과장일까. 그래도 이 화자는 '종속'돼 있기는 해도 '중독'됐다고 할 수는 없겠다.

> 매일 밤 9시에 그녀는 자신의 정신을 포기했다. 부인했다, 신념처럼. 양위했다, 옥좌처럼. (22쪽)

보다시피 정해진 시간에 스스로 접속을 끊으니까 말이다. 그런데 그게 오죽 힘들었으면 신앙을 부인하듯이, 왕좌를 포기하듯 그랬다고 적었을까. 여하튼 이런 문장이야 곱씹어 보면 해결되지만 그렇지 않은 대목들도 많다. 이 소설이 쓰일 무렵 포털(트위터로 추정되는)에서 실제로 오간 이야기들이 주석 없이 들어와 있기 때문이다. 예컨대 화자가 샤워 중에 "이렇게 씻지 않는 사람도 있다는 걸 최근에 알게 되었기 때문에"(15쪽) 운운하는 대목이 2021년 여름에 몇몇 유명인들 때문에 촉발된 샤워 논쟁('샤워를 매일 할 필요가 있는가?')을 지시한다는 걸 우리가 어떻게 알겠는가.[3] 이런 식이라 읽기가 쉽지 않은데, 그 와중에 또 아래와 같은 논평들은 맥락을 알건 모르건 보편적으로 통렬하다.

새로운 장난감이 있었다. 모두가 그것을 조롱했지만, 그것이 자폐인들을 위해 만들어진 물건이라는 말을 듣고는 누구도 더 이상 그것을 조롱하지 않았다. 대신 전에 그것을 조롱하던 사람들을 조롱했다. 그러다 누군가가 어떤 박물관에서 백만 년 전 돌로 만들어진 비슷한 물건을 발견하자, 이것으로 마치 뭔가가 증명된 것처럼 보였다. 그 다음에는 그 장난감의 기원이 이스라엘 및 팔레스타인과 관련되어 있음이 드러났고, 사람들은 모두 그것을 다시는 입에 담지 않기로 협약을 맺었다. 이 모든 것이 대략 나흘 동안 벌어진 일이었다. (25~26쪽)

3 간단하게는 다음 게시물을 참조. Michael d'Estries, "Celebrity Bathing Habits Spark a Great Shower Debate," Treehugger (2021). https://www.treehugger.com/celebrity-bathing-habits-shower-debate-5198572

이제는 그 무엇도 환상지幻像肢로 비유할 수 없다는 것을 어떻게 써야 할까? "그녀의 젖꼭지의 점자點字"라는 표현을 완전히 은퇴시켜야 하나? 누군가가 "게이샤처럼 고개를 갸웃했다"는 말을 이제 두 번 다시 못 쓰는 건가? 양극성 날씨라는 말을 쓸 때마다 여론이라는 감옥에 갇힐 위험을 무릅써야 하나? 새를 관찰하는 사람들이 자폐적이라고 암시하면 안 되나? 초승달을 보고 "가난한 사람처럼 말랐다"고 말하면 안되나? 태양이 "여자 운전자처럼 산을 향해 필연적으로 추락했다"고 말하면 안 되나? 이제 사람들의 얼굴을 향해 커피를 들어올릴 수 없다면, 차라리 커피에서 모든 색조와 강점을 빼앗아버리자!

(147~148쪽)

무엇이든 빠르게 타올랐다가 식어버리는 '플레이밍flaming' 현상, 적발의 범위가 미시적이고 단죄의 강도가 과도해서 문제인 '초도덕주의hypermoralism'적 경향에 대한 논평들이다. 이 소설에는 'enlightenment'라는 단어가 세 번 나오는데(53쪽엔 '각성'으로, 265쪽과 273쪽엔 '계몽'으로 번역됐다), 저 말 그대로, 적절한

곳에 정확히 빛을 쏘는 문장들이 곳곳에서 반짝인
다. 그런 걸 쓸 때 저자는 '계몽'적이지 않고 '조명'적
이다. 외부자가 아니라 내부자라는 뜻이다.[4] 이제 소
셜 미디어 비판은 너무 진부해져서 그 진부함을 지
적하는 것조차 진부한데, 누가 봐도 내부자인 사람
이 적당한 수준의 자기 비하라는 무기까지 동원해서
그 일을 하니까 수긍할 수밖에 없다.

'누가 봐도 내부자'라고 한 건 록우드가 2011년 이
후 트위터에 입성하여 엉뚱하고 유머러스한 트윗으
로 팬덤을 만든 장본인이어서지만, 더 중요하게는
그의 글쓰기 방식 때문이다. 이 소설이 단락(심지어
문장) 단위로 끊어지며 진행되는 건 소셜 미디어 글
쓰기에 대한 모방일 텐데, 실제로 휴대폰에 틈틈이
쓴 것들이라고 하니까, 이것 자체가 (모방이 아니라)
원본에 가깝다. 이를 두고 파편적이고 단속斷續적이
라고 해봤자 비판이 될 수도 없는 것은 그게 의도적
인 것이기 때문이다. 이 소설은 소셜 미디어 시대의

---

4 트럼프 집권에 트위터가 한몫했다는 분석이 나올 때 화자가 느끼는 감정이
"굴욕"(83쪽)인 것도 그가 자의식적인 트위터리안, 즉 내부자이기 때문일 것
이다.

글쓰기 방식이 창작자들의 작업에 어떤 영향을 미치는가 하는 물음에 대해, 내용과 형식 두 측면 모두에서 제출된 하나의 답이다.

왜 우리 모두 지금은 이런 식으로 글을 쓰고 있을까? 새로운 종류의 연결이 이루어져야 하기 때문이었다. 한순간의 번득임, 시냅스, 그 사이의 공간만이 그런 연결을 해낼 수 있는 수단이었다. 아니면, 이편이 더 무섭기는 한데, 포털이 글을 쓰는 방식이 이렇기 때문일 수도 있었다. (102쪽)

내가 포털에 쓰는가, 포털이 나를 통해 쓰는가? 말하자면 이런 물음에 집중한 1부는 그래서 얼마간 기교적이고, 또 그런 만큼 어수선하다. 그러나 이 1부에도 서사적 레일은 깔려 있다. 이 소설의 초점 인물인 '그녀'는 "개도 쌍둥이가 될 수 있나?"(28쪽)라는 바이럴 트윗으로 화제의 인물이 됐고, 그 덕분에 "새로운 커뮤니케이션"(28쪽)을 주제로 강연 및 토크를 하러 다닌다. 내부자들을 만나 공감의 기쁨을 나누기도 하고, 외부자로부터 다음과 같은 식의 공격을 받기도 한다. "사회에 대한 당신의 기여가 이것입니까?"(38쪽) 그러나 이런 것쯤은 2부와 함께 시작되는 습격에 비하면 아무것도 아니다. 2부의 도입부는 1부의 그것과 비슷하고 또 다르다.

> 그녀의 정신이 있는 곳에서 커서가 깜박거렸다. 그녀는 진실한 단어를 차례로 입력하고, 그것들을 포털에 올렸다. 그러자 갑자기 진실하지 않게 되었다. 적어도 그녀가 진실하게 만들 수 있었을 만큼 진실하지는 않았다. 픽션은 어디 있는가? 거리감, 각색, 강조, 비율은? 단어들은 다른 사람의 삶 속으로 들어가 그 단어들의 사소함을 삶의 거대함에 들이받을 때에만 진실하지 않게 되는 건가? (179~180쪽)

여전히 그의 정신은 커서 위에서 깜빡인다. 그런데 이젠 무언가 달라졌다. "진실한" 단어들을 입력했는데 "갑자기" 그것들이 진실하지 않게 보인다. "적어도 그녀가 진실하게 만들 수 있었을 만큼 진실하지는 않았다." 그는 원래 더 진실하게 쓸 수 있는 사람이지만 결과물이 그렇게 나오지 않았다는 뜻이다.

쓰는 사람의 역량에 문제가 생긴 게 아니다. 그를 둘러싼 환경이 달라져 그의 인지적 틀에 영향을 미치고 있다. "단어들의 사소함"과 "삶의 거대함" 사이의 격차를 더 벌리는 방식으로 말이다. 그사이 무슨 일이 일어났나. 세상에 태어날 준비를 하던 조카에게 "문제"가 생겼다. 일명 프로테우스 증후군, 유전자 돌연변이로 인한 신체 일부의 비대칭적 발달.

이런 일은 한 사람의 삶을 크게 바꿀 것이다. 그런데 그 한 사람이 하필 우리의 '그녀' 같은 이라면? 괴상한 트윗으로 유명해진, "잘하는 것이 웃기는 것뿐인"(191쪽) 사람, 그리고 포털 사용자들이 무엇보다 마주치기 싫어하는 게 "슬픔에 미쳐버린"(190쪽) 사람임을 누구보다 잘 아는 그런 사람 말이다. 그런 그가 제 삶에 닥친 이런 슬픔으로 뭘 할 수 있을까. "그녀는 포털에 아무것도 올리지 않았다."(190쪽) 대신 지금부터 그의 삶은 한 아기에게 바쳐진다. 세상에 태어나는 데 성공한, 그러나 언제까지 살 수 있을지 알 수 없는 한 아기의 대모代母가 되어 자신이 할 수 있는 모든 일을 다 해내기. 이것은 슬픔이고 고달픔이며 무력함인가? 아니다.

이 일로 인해 그녀가 얼마나 깔끔하고 완벽하게 평범한 삶의 흐름에서 벗어나게 되었는지 놀라울 정도였다. 그녀는 이제 소독을 거친 반짝이는 도구였다. 응급 상황에 정확히 번쩍 나타나는 도구. 그녀는 뜨거운 병원 커피를 단번에 꿀꺽꿀꺽 마시고는, 〈ER〉의 조지 클루니처럼 "아아아아" 하는 소리를 냈다. 최근 세상의 시신경을 누르고 있는 종양을 이제부터 잘라내러 갈 것처럼. 그녀는 길 가는 사람들을 붙잡고 이렇게 말하고 싶었다. "이거 알아요? 꼭 알아야 돼요. 아무도 이런 이야기를 하지 않는단 말이에요!" (220~221쪽)

"내가 그 애를 위해 해줄 수 있는 일이 있어." 그녀는 남편에게 설명하려고 했다. 최근 〈나이트라인〉에서 위험하다는 사실이 폭로된 그 98달러짜리 낡은 비행기를 타고 왜 자꾸 오하이오로 가느냐는 남편의 질문에 대한 답이었다. "1분의 의미가 그 애한테는 커. 우리한테 1분이 의미하는 것보다 더 크다고. 그 애가 앞으로 얼마나 살지는 모르지만, 내가 그 애한테 시간을 줄 수 있어. 나의 몇 분을 그 애한테 줄 수 있어." 그러고는 거의 성난 목소리로 말을 이었다. "내가 전에는 그 시간으로 뭘 했지?"(257~258쪽)

이런 경험이 흔하진 않을 것이다. 그것은 아기의, 아기라는 선물 덕분에 가능했다. 아기는 인간에게 허락된 접촉 가능한 천사다. 아기와는 목례를 하거나 악수를 할 수 없다. 일단 안기부터 해야 하고, 그를 통해 내 친밀성의 감각이 재편된다. 그러므로 '포털'과 '아기'의 관계는 '원격 현전'과 '접촉 신뢰'의 관계와 유사하다.[5] 게다가 이 소설 속 아기는 두 가지 조건을 더 갖췄다. 언제 세상을 떠날지 모르고, 사는 동안에도 큰 장애를 견뎌야 한다는 것. 전자는 시간의 가치를, 후자는 돌봄의 가치를 환기할 것이다. 이는 각각 '삶 그 자체의 가치'와 '나라는 존재의 가치'이기도 하다. 그 아이는 제 앞의 어른에게 '당신은 살아 있고, 또 할 일이 있다'라고 말해준다. 그러면 그 어른은 "필요라는 나라의 시민"(310쪽)이 된다.

---

5 '원격 현전'과 '접촉 신뢰'에 대해선 다음 글을 참조. 〈누구도 완전히 절망할 수는 없게 만드는 이상한 노래: 코로나 시대의 사랑〉, 신형철, 《인생의 역사》, 난다, 2022.

그래서 이제 그는 1분 1초가 견딜 수 없이 소중한 사람(시간의/삶의 가치), 응급 상황을 위해 준비된 수술 도구 같은 사람(돌봄의/나의 가치)이 되었다. "인간은 타인에게 자기를 빌려주기도 해야 하지만, 오직 자기 자신에게만 자기를 줘야 한다." 이것은 몽테뉴의 말인데, 이와 달리 우리의 주인공은, 자신에게는 자기를 빌려줄 뿐이고, 한 사람의 타인에게 자기를 다 주고 있다. 그러나 자기를 다 내어줄 만한 대상이 생기고서야 '자기'라는 게 있다는 것을, 그런 자기가 "반짝이는 도구"가 될 수도 있다는 것을 알게 되는 것이라면? 그래서 이 일은 결국 자신에게 자신을 (찾아) 주는 일이 된다. 결국 몽테뉴의 말이 옳다. 그를 그렇게 만든 아기는 6개월 하고도 하루를 살고 세상을 떠난다.

그녀가 카페에서, 택시에서, 식품점에서, 술집에서, 광고를 보다가, 다큐멘터리를 보다가, 라이언 레이놀즈의 영화를 보다가, 공중화장실에서 무릎에 얼굴을 묻고 그녀의 것일 리가 없는 짐승 같은 소리를 내며, 여성 택배기사가 그녀를 애칭으로 불렀을 때, 여동생이 "언니도 개 엄마였어"라고 말했을 때, 인간이 겪는 모든 일이 등장하는 곳 같은데도 그 얼굴, 그 눈, 그 머리카락의 반짝거리는 남다름은 전혀 보이지 않는 포털에서, 걷잡을 수 없이 울어대는 시기가 시작되었다. (296쪽)

위 대목 바로 뒤에 저자는 묻는다. "그 일이 그녀를 바꿔 놓을까?"(296쪽) 이 작가는 과장할 생각이 없어 보이지만, 독자는 그의 변화를 확신한다. 예컨대 그가 "공동의communal"라는 단어를 어떻게 달리 사용하고 있는지 보라. 그는 더블린에서 제임스 조이스의 동상을 향해 걸어갈 때 "공동의 의식의 흐름the communal stream-of-consciousness"이 만드는 새로운 책의 존재를 상상하기도 했고(77쪽), 포털 참여자들이 마치 "하나의 눈"이 되기라도 한 듯 같은 글을 함께 읽는 상황을 묘사하면서 이를 "공동의 시야the communal sight"라고 표현하기도 했다(93쪽). 그에게 "공동의"는 포털을 긍정하기 위한 대표 형용사였다.[6] 이제 소설

---

6 '감사의 말'에 작가는 세계 각지에서 만난 '포털' 안팎의 동지들을 위해 이런 문장을 적었다. "공동 정신의 일원들에게도 감사한다."(334쪽)

말미에 재현되는 강연 장면으로 가보자.

　　그녀는 연단에 서서 파워포인트 화면을 찰칵찰칵 넘기며 아직도 포털 안에서 사는 척, 지식의 피가 몸속을 도는 척하려고 했다. 공동 정신이라는 말을 하고 나니, 가족들이 함께 앉아 있던 방이 눈앞에 보이는 것 같았다. MRI 사진에 찍힌 독특한 회색 뇌를 보던 그 방. (중략) 그녀가 애당초 포털에 들어간 이유가 무엇인가? 순수한 상호 호응의 세계에 살고 싶어서였다. 남을 기쁘게 하고, 남에게서 기쁨을 받고 싶었다. (310쪽)

이제 "공동 정신communal mind"이라는 개념을 말하는 동안 그에게 떠오르는 이미지는 포털 속 집단지성 같은 게 아니다. 병실의 가족들이다. 그것은 그야말로 '공동 정신'(혹은 말 그대로 '하나의 마음')이 물질화된 시공간이 아니었던가. 그러면 그에게 포털과 가족은 이제 대극對極인가? 그는 그런 식으로 생각하면서 포털을 경멸할 수 있는 유형의 사람이 아니다. 그는 차라리 포털의 존재 이유를 되새겨서 그것을 구

원하기를 원한다. "순수한 상호 호응pure call and response"
의 세계, 그러나 냉소와 기행奇行이 아니라, 기쁨과
기쁨을 주고받는 세계. 포털은 그런 곳이었고, 그런
곳이어야 한다. 그런 포털로, 그는 오히려 귀환할 것
이다. 이제 마지막 장면으로 간다.

　　도중에 누군가가 그녀의 주머니에서 핸드폰을 슬쩍
　　빼내자 그녀는 몸이 가벼워져서 허공으로 떠올랐다.
　　그녀의 자아 전체가 거기에 있었다. 누가 그런 걸 원
　　한다면. 누군가가 나중에 핸드폰의 잠금장치를 풀어
　　사진을 볼 것이다. 아기가 입을 여는 사진, 뭔가 말
　　하려는 사진, 무엇이든 말하려는 사진. (314쪽)

'공동 정신'을 주제로 한 앞의 강연을 끝내고, 술을
마시고, 클럽에서 춤을 추다가, 핸드폰을 소매치기
당하는 중이다. 내버려 두면서 그는 생각한다. 나의
"자아 전체"가 저 핸드폰 안에 있다. 누가 그걸 원할
까, 원한다면 열어 보시길. 거기엔 아기의 사진이 있
을 뿐인데, 그건 세상에 잠깐 머물고 떠나느라 진실
한 어떤 것을 충분히 말하지 못한 한 아기의, 말이라

는 것을 하려는 그 간절한 의지의 표상이다. 그러니까 지금 그의 "자아 전체"란 그 의지의 다른 이름일 뿐이다. 지금껏 그래왔듯 앞으로도 그는 말이라는 걸 하겠지만, 그 말은 예전과 같지 않을 것이다. 아기가 그를 가르치러 세상에 온 건 아니지만, 그래도 그는 무언가를 배웠으니까.[7]

해외의 한 서평은 이 소설을 이렇게 규정했다. "아이러니가 성실성으로 대체되는 일종의 회심回心 이야기."[8] 이 경우 '아이러니'는 ('반어'가 아니라) 세상살이에 질렸다는 듯한world-weary 초연하거나 냉담한 태도를 가리킨다는 점, '성실성sincerity'은 진심을 다한다는 일반적인 의미 외에도 자신에게 주어진 역할에 충실함으로써 정체성을 확립하는 방식을 뜻하기도

---

7 '감사의 말'에 있는, 아마도 조카로 짐작되는 '리나'를 위한 다음 문장을 변형한 것이다. "하지만 무엇보다 감사하고 싶은 사람은 작고 사랑스러운 나의 리나. 너는 우리를 가르치러 온 것이 아니지만, 그래도 우리는 너에게 배웠어."(335쪽)

8 "She finds something far more affecting, and what results is a sort of conversion story in which sincerity supersedes irony."(Heller McAlpin) https://www.bpr.org/2021-02-18/you-actually-will-be-talking-about-no-one-is-talking-about-this

한다는 점에 유의한다면, 위 규정은 대체로 옳다.[9] 그런데 이런 마무리는 어쩐지 너무 심각한가. 이 저자는 끝내주게 웃기는 사람인데. 그래서 나는 '아무도 이런 이야기를 하지 않는다'고 놀라워하던 221쪽의 그를 실제로 만난다면 이런 말로 이 소설에 대한 내 감상을 요약해줄 것이다. 당신이 했군요!

---

[9] 《프로필 사회》(한스 게오르크 묄러 · 폴 J. 담브로시오, 김한슬기 옮김, 생각이음, 2022)의 저자들은 정체성 형성 원리의 역사를 다룬다. 성실성(sincerity, 근대 이전), 진정성(authenticity, 근대), 그리고 프로필성(profilicity, 동시대)의 순서다. 사회적 역할에 충실한 외면이 곧 정체성으로 인정된 성실성의 시대가 있었는데, 그 외면과는 다른 내면의 목소리에 진짜 정체성이 존재한다고 믿는 진정성의 시대가 도래했고, 이제 진정성 따위는 측정할 방법도 필요도 없다는 생각과 함께 공개적 프로필이 곧 정체성이 되는 프로필의 시대에 이르렀다는 것. 묘사적 수준에서 설득력이 없지 않은 이 주장엔 그러나 명백한 한계가 있다. 저자들이 집요하게 강조하는 것은 정체성의 대타적 효용이다. 성실성과 진정성은 이제 타인에게 '작동'하지 않는다는 것. 그러나 내 정체성은 타인에게 인정받기 위해서만 필요한 것이 아니다. 내가 누구인지를 아는 게 중요한 것은 내 삶이 의미 있다고 느끼기를 원하는 우리의 갈망을 해결하는 데 그 앎이 필요하기 때문이다. 그리고 삶이 의미 있다는 느낌은 내 삶이 어떤 도덕적 이상과 결합해 있다고 믿어질 때 강하게 찾아온다. 성실성과 진정성이라는 정체성 추구 원리는 '성실함'과 '진정함'이라는 도덕적 미덕에 대한 지향 위에 서 있지만, 프로필성의 '프로필'엔 그런 게 없다. '성실한 역할 수행'과 '진정한 자기 찾기'라는 규범이 제시하는 삶의 의미에 대한 약속은 물론 지켜지지 않을 수 있다. 그러나 '프로필 큐레이팅하기'는 애초에 어떠한 약속도 하지 않기 때문에 규범적 지위를 갖지 못한다. (이와 유사한 비판적 메시지가 우리가 읽은 이 소설에 내포돼 있다고 나는 읽었다.)

감사의 말

'이눈'이 뭔지도 모르면서 이 여행에 동행해준 편집자 폴 슬로박, 포털에서 처음 나를 발견해준 내 대리인 몰리 글릭에게 감사한다. 리버헤드 출판사의 알렉시스 패러보, 헬렌 옌터스, 진 딜링 마틴, 메이지 림에게도 감사한다. 그리고 리즈 호혜나델과 붉은 기가 돌던 그녀의 긴 머리를 추모하고 싶다.

초고를 읽어준 모든 사람, 그레그, 미셸, 재미, 메리 앤, 실라에게 감사한다. 이 책의 수많은 버전을 읽어준 제이슨에게도. 그 버전 중에는 남편 캐릭터가 마이 커미스라는 지하 무정부주의 집단에 소속된 버전도 있었다.

내가 전 세계를 돌며 만난 사람들 중 여기에 사진으로, 카툰으로, 유령으로 등장한 사람들에게 감사한다. 지금 방역을 위한 봉쇄 상태에서 이 글을 쓰고 있기 때문에 모두가 보고 싶다. 공동 정신의 일원들에게도 감사한다.

<런던 리뷰 오브 북스>와 영국박물관에 감사한다. 박물관은 2019년 내가 이 책의 일부를 발췌해서 그곳에서 이루어진 강연 중 가장 교육적이지 않은 강연을 할 수 있게 허락해주었다. 스패니시 바의 동료들에게도 감사한다.

의사들, 특히 해블리 박사, 스미스 박사, 보터리 박사에게 감사한다. 신생아 중환자실 간호사들, 특히 아기를 어떻게 안아야 하는지 가르쳐준 재닛에게 감사한다. 장난감을 여러 상자 가져다준 스타샤인 직원들에게도 감사한다.

프로테우스 증후군에 관한 자세한 정보는 https://www.proteus-syndrome.org에서 찾아볼 수 있다. 이 단체는 어린이와 청소년이 대부분인 프로테우스 증후군 환자들의 네트워크 형성과 연구에 기부

금을 사용하고 있다.

만성질환이나 불치병을 앓는 어린이의 가정과 반려동물을 연결해주는 단체인 페츠 포 페이션츠(https://www.petsforpatients.org)에도 기부할 수 있다.

내가 아기의 삶에 참여할 수 있게 해준 내 여동생과 제부에게 감사한다. 하지만 무엇보다 감사하고 싶은 사람은 작고 사랑스러운 나의 리나. 너는 우리를 가르치러 온 것이 아니지만, 그래도 우리는 너에게 배웠어.

아무도 이런 이야기를 하지 않는다

1판 1쇄 인쇄 2024년 7월 17일
1판 1쇄 발행 2024년 7월 24일

지은이 퍼트리샤 록우드
옮긴이 김승욱

발행인 양원석 **편집장** 김건희 **책임편집** 곽우정
디자인 조윤주, 김미선 **영업마케팅** 양정길, 윤송, 김지현, 한혜원, 정다은, 박윤하

펴낸 곳 ㈜알에이치코리아
주소 서울시 금천구 가산디지털2로 53, 20층 (가산동, 한라시그마밸리)
편집문의 02-6443-8932 **도서문의** 02-6443-8800
홈페이지 http://rhk.co.kr
등록 2004년 1월 15일 제2-3726호

ISBN 978-89-255-7496-7 (03840)